Lehrer sind auch nur Menschen

LEHRER SIND AUCH NUR MENSCHEN

Angelika Marx

Bibliografische Information der Deutschen Nationalbibliothek
Die Deutsche Nationalbibliothek verzeichnet diese Publikation in
der Deutschen Nationalbibliografie; detaillierte bibliografische Daten
sind im Internet über http://dnb.d-nb.de abrufbar.

© 2009 Angelika Marx
Satz, Umschlaggestaltung, Herstellung und Verlag:
Books on Demand GmbH, Norderstedt
ISBN: 978-3-8370-3332-8

Kapitel 1

»Hat es schon gebimmelt?«, seufzt meine Kollegin Birgit Hofmann. Sie spricht das »B« wie ein »P« aus und ihr Gesichtsausdruck spiegelt die Vorfreude wider, gleich in den Unterricht enteilen zu dürfen.

»Noch zwei Minuten«, tröste ich sie. »Wen hast du denn jetzt?«

»Die 7a.«

»Oh weh, welch ein Tagesbeginn!«

Wir blicken beide in Richtung Frau Jurst, die es geschafft hat, auch diese Klasse in null Komma nichts zu einer Chaotentruppe zu formieren. Unsere Superpädagogin besitzt ein ausgesprochenes Talent dafür. Ihr Klassenleitungsstil lässt auch den handzahmsten Schüler aggressiv werden. Sie ist so unberechenbar, inkonsequent und ungerecht, dass mir die Beschwerden meiner eigenen Klasse, die sie in Geschichte erdulden muss, stets in den Ohren klingen. Da ich ohnehin unter Tinnitus leide, ist das keine angenehme Zugabe! Momentan zupft Frau Jurst vor dem Lehrerzimmerspiegel stehend ihre schütteren Haare zurecht, so dass sie unsere anklagenden Blicke nicht bemerkt.

»Ich geh mal mein Geld verdienen«, meint Birgit und verlässt als eine der Ersten das Lehrerzimmer. Alle anderen kramen geschäftig in Fächern und Schultaschen, gähnen herzhaft oder unterhalten sich angeregt miteinander.

Keiner geht pünktlich in den Unterricht – mit Ausnahme von Manuela Prigolla, die eine Mathearbeit schreiben lässt. Ich schaue sicherheitshalber noch einmal auf meinen Stundenplan: Montag, erste Stunde, Reli in der 5a/b/c. Aha, also habe ich die verkehrten Arbeitsblätter in der Hand! Schnell zum Schrank, die richtigen greifen und ab in die Klasse!

Die Schüler im Flur drängeln, schupsen sich, stolpern über Ranzen – man hat fast den Eindruck, sie könnten es kaum erwarten, unterrichtet zu werden. Ich kämpfe mich durch den Pulk, schiebe einen Knirps vom Schlüsselloch weg und öffne das »Sesam«. Alle stürmen auf ihre Plätze.

»Frau Marx, darf ich heute mal neben der Julia sitzen?«

Ich schüttele ablehnend den Kopf: »Ihr seid zwei unverbesserliche Schwatztanten!«

Sie maulen, aber fügen sich. Der Rest der Schülerschar beginnt unkontrolliert zu schnattern und sich die neuesten Ereignisse des vergangenen Wochenendes zu erzählen. Mein lautstarkes »Guten Morgen!« lässt sie kurz verstummen und es wird im Stakkato erwidert: »Gu-ten Mor-gen, Frau Marx!« Dann kramen sie ihre Religionsmappen hervor, einige haben diese – wie üblich – vergessen.

»Wer leiht mir mal ein Blatt?«, ruft Kevin erwartungsfroh in die Runde. Niemand zeigt christliche Nächstenliebe.

»Vera«, frage ich ein stilles, braves Mädchen, eines der letzten Exemplare dieser Gattung, »kannst du ihm nicht eins geben?«

Resigniert rupft sie einen Bogen aus ihrem Ringbuch, dabei reißt der Rand etwas ein. Der Empfänger beschwert sich, als sei er die Ordnung in Person.

»Wie sieht das denn aus? So kann ich es nicht in meinen Ordner heften!«

»Sei froh, dass du überhaupt ein Blatt bekommen hast!«, weise ich ihn zurecht. »Außerdem musst du den Text zu Hause sowieso noch mal sauber abschreiben.«

»Weshalb?«, bläst er sich auf.

»Weil du in der Schule immer schmierst.«

»Da sind Sie dran schuld! Sie geben uns nie genügend Zeit!«

»Das stimmt doch gar nicht!«, schaltet sich sein Nachbar ein. »Ich bin meistens ganz schnell fertig und langweile mich dann, weil wir auf dich warten müssen.«

»Schluss der Diskussion!«, unterbreche ich. »Wir haben letzte Stunde über die Häuser zur Zeit Jesu gesprochen. Wie sahen die aus?«

Die Klassenbeste meldet sich: »Ein solches Haus bestand nur aus einem einzigen Raum, der alles war: Schlafzimmer, Wohnzimmer, Küche.«

Sascha wirft aufgeregt ein: »Ich weiß auch, wie man so was nennt: Appartement!«

Vanessa fixiert mich ununterbrochen, was mir schließlich auffällt.

»Ist irgendwas?«, erkundige ich mich.

Sie macht mir ein Kompliment: »Sie tragen immer die irrsten Sachen – und das als Religionslehrerin!«

Modisch komme ich also bei den Schülern an. Ich lächle erfreut und setze beschwingt den Unterricht fort. Wir beschäftigen uns weiterhin mit Jesus.

»Wann ist Jesus das erste Mal öffentlich aufgetreten?«, will ich wissen.

Sven meldet sich: »Am Kreuz.«

»Quatsch!«, stellt Tanja richtig. »Der hat doch Wunder vollbracht!«

»Genau!« Ich verteile ein Arbeitsblatt und wir lesen den Text über die »Speisung der Fünftausend«.

Ich provoziere: »Na, es ist doch zweifelhaft, dass so viele Menschen von nur fünf Broten und fünf Fischen satt werden! Findet ihr eine Erklärung dafür?«

Sandra denkt angestrengt nach: »Vielleicht haben die Leute gedacht: Diesem Jesus haben wir so viel zu verdanken, jetzt sagen wir halt mal, wir wären satt!«

Gegen Schluss der Stunde sollen die Schüler die Wundertätigkeit Jesu kurz zusammenfassen. Ich blicke Jasmin über die Schulter. Sie schreibt: »Jesus verspeiste das Volk mit Brot und Früchten.«

Na dann!

Es ist kalt im Lehrerzimmer. Ein Fenster steht sperrangelweit offen.

»Brrr!«, zittere ich.

Zwei Kolleginnen stimmen mir zu, sie frösteln auch, aber Torsten Sonntag steht mit ausgebreiteten Armen da und lobt die frische Frühlingsluft. Im Februar!

»Also entweder du schließt jetzt das Fenster«, kommandiere ich, »oder du hältst mich warm!«

Die Kolleginnen lachen. Torsten macht nach kurzem Zaudern demonstrativ das Fenster zu und bemerkt grinsend: »Das ist ja wohl eine eindeutige Antwort!«

»Allerdings! Das registriere ich durchaus.«

»Warum verhältst du dich denn so?«, wundert sich Rosi Feldbauer und lächelt Torsten vielsagend an. »Deine Frau ist doch heute gar nicht da.«

»Oh doch!«, korrigiert sie der Angesprochene. »Und

man weiß nie, in welch unpassendem Moment sie auftaucht! Das ist das Schlimme, wenn man als Ehepaar im selben Kollegium arbeitet: Man ist dauernd unter Beobachtung.«

»Na schön«, ich zucke mit den Schultern, »die Erklärung ist angekommen.«

»Aber ich setze mich wenigstens zu dir«, meint Torsten und lässt sich auf dem Platz neben mir nieder.

Kollegin Naft verabschiedet sich mit Blumen und Päckchen beladen.

»Haben Sie heute Geburtstag?«, erkundige ich mich. Sie nickt. »Ohne Anlass werde ich nicht so beschenkt.« Ich gratuliere ihr.

»Welches Sternzeichen haben wir denn momentan?«, will Birgit wissen.

»Fische«, wird sie aufgeklärt.

»Oh, gut! Mit Fischen komme ich prima zurecht«, stelle ich fest.

Torsten brummt: »Fische! Fische! Mit Wassermännern solltest du dich glänzend verstehen!«

»Wieso? Bist du Wassermann?« Er nickt.

»Na ja, Fische oder Wassermänner, sie sind doch alle im selben Element. Außerdem bin ich zwar Steinbock, aber mein Aszendent ist Wassermann«, beruhige ich ihn.

»Dein Aszendent? Wo ist denn der?«, fragt Torsten.

»Nicht ‚Wo?‘ musst du fragen, sondern ‚Wer?‘«, erläutere ich ihm.

»Wer ist denn der Aszendent?«, formuliert er also nun.

»Irgendein Stern, der deinem Sternbild zum Zeitpunkt deiner Geburt gegenübersteht.«

»Sozusagen dein kleiner Helfer, dein Assistent«, schaltet sich Rosi ein. »Meiner ist übrigens Zwilling, deswegen bin ich auch nicht immer einer Meinung mit mir.«

»Heißt das jetzt Aszendent oder Assistent?«, erkundigt sich Torsten verwirrt.

In diesem Moment geht die Tür auf und Manuel Schlott kommt ins Lehrerzimmer.

»Halt!«, stoppe ich ihn. »Der Eintritt ist erst gestattet, wenn du uns sagst, wer du bist!«

»Ich bin Mathe-Lehrer«, stottert Michael verdattert.

»Welch grausiges Sternbild!«, lache ich.

»Ach das«, meint er. »Widder.«

»Ein Hornvieh also! Und wer ist dein Aszendent?«

»Wie bitte? Was?«

Noch ein Ignorant! Torsten weiß inzwischen Bescheid. »Dein kleiner Helfer!«, verkündet er munter. Manuel steigen sichtbare Fragezeichen aus dem Hirn.

»Da wird der nun ständig beeinflusst und weiß nicht mal, von wem!«, empöre ich mich. »Banause!«

»Ja, so sind halt die Männer!«, lästert Rosi. »Keine Ahnung von Esoterik!«

»Aber von Wissenschaft!«, gibt Torsten zurück. »Habt ihr von dem geklonten Schaf gehört? Der Typ, der das geschafft hat, hat sich doch selbst ins Aus katapultiert. Jetzt kann man Lämmer ohne den Bock herstellen – irgendwann ist auch der Mann überflüssig!« Ich grinse süffisant.

»Was der wohl für ein Sternzeichen ist?«, überlegt Rosi.

»Und welchen Aszendenten er hat?«, wirft Torsten ein. »Das kann nur ‚Jungfrau‘ sein!«

Wir wiehern vor Lachen. »Logisch, was sonst!«, pflichte ich ihm bei.

»Wie stellt man eigentlich seinen Aszendenten fest?«, will Torsten jetzt wissen.

»Du musst deine genaue Geburtszeit, also die Uhrzeit

wissen. Kannst ja mal deine Mutter fragen. Wichtig ist auch, ob's eine leichte oder eine schwere Geburt war«, erläutere ich.

»Wie bitte???« Fast glaubt er's schon – da prusten alle los.

»Wieso weißt du denn deine genaue Geburtszeit nicht?«, frozzelt Rosi., »Du warst doch dabei.«

»Er hat nicht auf die Uhr geguckt, er ist doch Mathe-Lehrer. Wahrscheinlich hatte er schon damals Probleme mit Zahlen«, entgegne ich.

»Waage ist ein gutes Sternzeichen, die ist immer auf Harmonie bedacht«, schaltet sich Birgit ein. »Ist das nicht dein Mann?«

»Ja, stimmt!«, bestätige ich. »Waage, Aszendent ‚Stinkstiefel'!« Wir hatten gerade heute Morgen Krach!

Mitten in diesen Frohsinn platzt Friederike, Torstens Gattin. Streng fixiert sie ihren sich neben und mit mir amüsierenden Mann. Er springt bereits auf – es läutet – saved by the bell! Sie stellt sich ihm in den Weg.

»Ich muss was Ernsthaftes mit dir besprechen«, verkündet sie.

Ich schnappe meine Schultasche und drücke mich an den beiden vorbei.

»Komm, Aszendent!«, fordere ich ein unsichtbares Wesen auf. »Wir gehen jetzt in den Unterricht.«

Ich betrete die 8a. Wider Erwarten sitzen fast alle auf ihren Plätzen und es herrscht ziemliche Ruhe. Nur Zeitungsgeraschel ist zu hören. Almir hebt Sebastians Exemplar an.

»Hast du den Sportteil? Meiner fehlt.«

Sein Nachbar ist nicht gewillt, den seinen herauszurücken. Ich unterbreche den Disput mit der Begrüßung und dem obligatorischen »Hausaufgaben raus!«.

Im Fach Deutsch wird zurzeit die Unterrichtseinheit »Zeitung« behandelt und wir bekommen generöserweise das städtische Tageblatt einen Monat lang kostenlos in unsere Realschule geliefert. Der Nachteil ist, dass das Klassenzimmer aussieht wie eine Müllhalde und der Altpapierkontainer überquillt.

Die Schüler sollten einen Kommentar zu einem Thema, das sich auf den Straßenverkehr bezieht, verfassen. Fazila wird zum Vorlesen auserkoren. Sie reagiert nicht. Wie meistens.

»Hast du deine Hausaufgaben nicht gemacht?«, frage ich sie.

»Wer? Ich?«

»Ja, du! Wie viele Fazilas haben wir denn in der Klasse?«

Umständlich kramt sie ihr Heft hervor. Einigen Mitschülern dauert das zu lange. Sie beginnen in ihren Zeitungen zu blättern.

»Liegen lassen!«, blöke ich sie an. »Fazila trägt ihren Kommentar vor.«

Und tatsächlich beginnt das Mädchen endlich zu lesen:

»Wie viele Eltern schimpfen, wenn ihre Kinder den Schulweg ohne Ampel zurücklegen müssen? Doch sie selber gehen bei Rot über die Straße. Muss das sein? Nein, das muss nicht sein! Ich bin der Meinung, man sollte jeden bestrafen, der bei dem stehenden Männchen über die Straße geht. Mit einer Buße von fünf bis zehn Mark wäre jeder etwas geduldsamer an der Ampel. Wer will schon den Weg zum Tod durch einen Unfall wählen?«

Ja, wer wohl? Ich sehe davon ab, die Frage auszudiskutieren und rufe den nächsten Kandidaten auf. Er äußert sich zum selben Thema und stellt fest:

»… außerdem werden die kleinen Kinder zu Handlungen verführt, wenn sie sehen, dass ein Erwachsener unbescholten die andere Straßenseite erreicht.«

Damit meint er wohl »un-überfahren«, mutmaße ich, als sich Marcel meldet:

»Bei mir geht's um die Anschnallpflicht im Auto.«

Ich nicke.

»Überschrift: Hauptsache angeschnallt! … aber falls ein Autofahrer einen Unfall macht und sich nicht angeschnallt hatte, kriegt er keinen Schadensersatz und geht dann deswegen vor Gericht. Das hätte er sich auch ersparen können. Vielleicht kommt er auch dabei um und behindert dann den Straßenverkehr … Viele der durch einen Unfall verletzten Passanten sind am Unfall selbst oft gar nicht beteiligt.«

Ich verzichte auf weitere literarische Leckerbissen, bespreche die positiven und negativen Aspekte der dargebotenen Beiträge und fordere die Schüler auf, den Artikel »Flammenhölle in Container« zusammenzufassen. Isolde versucht es wie folgt:

»… der Obdachlose gab an, dass er seine Zigarette ausgezündet hatte.«

Aha. Interessant! Wie eine Nachricht denn aufgebaut sei, will ich nun wissen. Das ist Christian bekannt:

»Die Nachricht ist sinnlich geschrieben.«

Veronika weiß es noch genauer: »In die Redaktion werden kleine sinnlose Nachrichten geschickt, beziehungsweise der Ticker tippt sie in seinen PC. Dann guckt der Chefredakteur, ob die Nachricht so veröffentlicht werden kann. Wenn alles okay ist, dann kommt sie in die Drogerie.«

»Druckerei«, stelle ich richtig.

»Von mir aus auch das«, meint sie gnädig.

Wir arbeiten konzentriert weiter bis auf Marcel, der die Bild-Zeitung herauskramt und die Schlagzeilen zu studieren beginnt. Als er meinen Blick auf sich ruhen fühlt, versucht er flugs, sie zu verstecken, doch statt des erwarteten Rüffels schmettere ich ihm ein »Prima!« entgegen (als Schüler weiß man auch nie, wann man etwas richtig macht!) und reiße sie dem Verdutzten aus der Hand. Ich präsentiere der Klasse die Titelseite.

»Was könnt ihr feststellen?«

»Die Bild-Zeitung hat Angriffsfarben.«

»Signalfarben nennt man das«, kläre ich das Mädel auf, denke aber im Stillen, dass sie mit ihrer Formulierung gar nicht so Unrecht hat.

Ich fordere die Schüler auf, verschiedene Boulevardzeitschriften zu nennen.

Mary ruft: »Frau am Montag!«

Darauf Zwischenruf von Frank: »Wieso nur am Montag?«

Anmerkung seines Banknachbarn: »Ja, und Mann am Mittwoch.«

So kommen wir auf das Thema »Emanzipation« zu sprechen. Schön, wenn die inhaltlichen Übergänge so fließend sind! Zunächst einmal soll der Begriff erklärt werden. Dann fliegen die Diskussionsfetzen!

»Ich kann nicht drei durchgedrehte Datteln als Obstsorte ansehen!«, lehnt Oli die Emanzipation der Frauen rundweg ab.

Alexandra ereifert sich: »Kochen, backen, waschen und das Haus putzen können die Männer vielleicht noch alleine, aber für das andere, was sollen sie da machen?«

Frank ruft dazwischen: »Das geht auch ohne Frauen!«

Sören stellt klar: »Ja, schon, aber nicht so gut.«

8. Klasse – immerhin! Er spricht anscheinend aus Erfahrung. Ehe dieser Einwurf weiter erörtert werden kann, fordere ich die Schüler auf, einen Kommentar zu einem Informationstext »Stellung der Frau in Japan« zu lesen. Da heißt es unter anderem: »… Japan wurde nach dem Krieg in der Strumpfindustrie groß.«

Bemerkung von Marcel: »Aha, durch Reizwäsche!«

Mit dem Thema »Reizwäsche« werde ich auch im Lehrerzimmer konfrontiert. Birgit hat Unterrichtsschluss und will heimfahren, vermisst aber ihre schwarzen Lederhandschuhe. Sie sind weg, spurlos verschwunden. Ich kläre sie auf:

»Die hat bestimmt ein Fetischist geklaut.«

»Ja«, stimmt Torsten mir zu, »schwarze Handschuhe – das kann schon sein.«

»Und Leder!«, füge ich bedeutungsvoll hinzu.

»Aber die waren doch schon ganz alt!«, jammert Birgit.

»Das ist es ja gerade! Sie müssen gebraucht sein.«

Sie rollt erstaunt mit den Augen. »Ist das so? Von dir lerne ich immer noch dazu.«

»Klar, frag mich nur! In solchen Dingen kenne ich mich aus. Das ist mein Fach. Schließlich habe ich Theologie studiert.«

Torsten hakt nach: »Was hat denn das mit Religion zu tun?«

»Na, rituelle Praktiken, Schamanentänze, Beschwörungen und so«, erkläre ich und fuchtele mit den Händen anschaulich in der Luft herum.

Birgit ist total gebügelt. »Und das alles mit meinen geliebten Handschuhen!«, klagt sie.

(Zwei Tage später stellt sich heraus, dass Friederike sie

versehentlich eingesteckt hatte.) Mein Kollege Hannes Brombach versperrt die Tür und ich schiebe ihn zur Seite, um vorbeizukommen.

»Keine unsittlichen Berührungen, Frau Kollegin!«

»Ach ja? Seit wann?«, entgegne ich und drängele mich um ihn herum.

Er will wissen, ob ich, genau wie er, in der 6. Stunde Unterricht habe.

»Haben wir jetzt ‚Sex' zusammen?«

Ich habe wirklich die »sexte« Stunde in der »sexten« Klasse. Wir reden über Zweifel an Gott. Ich gebe zu bedenken: »Manche Menschen zweifeln an Gott, wenn ein unfassbares Unglück geschieht, etwa eine Naturkatastrophe.« Dann frage ich: »Zweifeln denn dann alle Menschen an Gott?«

Markus schüttelt heftig den Kopf: »Nein, manche freuen sich auch.«

Ich blicke ihn verständnislos an.

»Wenn es zum Beispiel den Gerichtsvollzieher trifft«, klärt er mich auf.

Ich lese eine Geschichte von Astrid Lindgren vor, »Das Entsetzliche«. Eine Kuh stirbt, nachdem sie einen Nagel, der in ihrem Stall lag, gefressen hatte. Ein kleiner Junge macht Gott dafür verantwortlich. Wir besprechen, ob das nun Gottes Schuld oder menschliches Versagen war.

Wenn so ein Unglück passiert, zweifeln Menschen oft an Gott. Sogar Jesus hat am Kreuz gerufen: »Mein Gott, mein Gott, warum hast du mich verlassen?« Aber er ist nicht mit diesen Zweifeln gestorben, sondern seine letzten Worte waren: »Es ist vollbracht« und »Vater, in deine Hände begebe ich meinen Geist«. Er ist also trotz der vorherigen Zweifel im Vertrauen auf Gott gestorben. Wir wiederholen dies.

Ich frage Alexander, der überhaupt nicht aufgepasst hat: »Wie ist Jesus schließlich gestorben?«

Die Antwort kommt prompt: »Jesus ist gestorben, weil er einen Nagel gefressen hat.«

Ich erkundige mich bei den Schülern: »Ist euch auch schon mal ein Tier gestorben?«

Hannes erzählt: »Ich habe mir einen Goldfisch gekauft und zwei Tage später ist er ertrunken.«

Alles lacht.

»Wenn alle lachen, erzähle ich die Geschichte nicht mehr weiter!«, ruft er entrüstet.

Ein Mitschüler kommentiert: »So ein Fisch ist doch kein Grund, an Gott zu zweifeln!«

»Doch!«, gibt Hannes erregt zurück. »War mein ganzes Taschengeld!«

Nach der Stunde kommt er vor zum Pult.

»Und wenn er nicht ertrunken ist, dann ist er halt verdurstet.«

Eine Religionsstunde später ist er klüger: »Der Fisch hatte ein Geschwür an der Schwanzflosse.«

»Ich habe eine Schildkröte«, wirft Regina ein. »Zuerst gefiel sie mir ganz gut, aber je länger ich sie mir betrachte, desto weniger mag ich sie.«

Das arme Tier! Hoffentlich nimmt sich jemand seiner an!

Ein weiterer Schüler berichtet von seinen Zweifeln an Gott: »Ich habe gebetet, dass Gott meinen Vater dazu bringt, mir zu Weihnachten einen elektrischen Flieger zu schenken, aber als ich dann ins Zimmer kam, stand da nur so ein blöder Spielzeugbagger und sonst gar nichts!«

Wir behandeln nun einen Text: Ein Soldat schreibt an seinen Vater, der Pfarrer ist, aus Russland einen Brief nach Gelsenkirchen, berichtet darin von dem schrecklichen Kriegsgeschehen und seiner vergeblichen Suche nach Gott.

Robert, der die meiste Zeit der Stunde verschlafen hat, meldet sich: »Eins ist mir noch unklar: Wieso hat denn der Jesus aus dem Schützengraben den Brief an einen Pfarrer geschrieben, wo sein Vater doch der Josef ist?«

Es klingelt und ich flüchte.

Kapitel 2

Die Jungentoilette wird renoviert. Hannes will sich den Fortschritt ansehen und erblickt dabei an einer der verschmierten Wände die Zeichnung eines nackten männlichen Wesens mit dem Titel »H. Brombach«. Ein weiterer »Künstler« hat einen Pfeil auf die Geschlechtsteile zielend dazu gemalt mit der Bemerkung: »Das hat der doch gar nicht!«

Hannes erzählt uns das im Lehrerzimmer und ist ernstlich bekümmert. »Mein ganzes Selbstwertgefühl ist futsch!«

Ich heuchle Mitleid. »Wie können wir das denn wieder aufbauen?«

Er grinst mich herausfordernd an.

»So nicht!«, stelle ich gleich mal klar und schlage vor: »Lass doch ein Aktfoto von dir anfertigen und hänge es neben die Zeichnung mit der Überschrift: Gegendarstellung.«

»Dann steh ich morgen in der Bild-Zeitung!«

»Eben, dann weiß auch der Letzte Bescheid.«

Zu allem Überfluss liegt auf seinem Tisch auch noch ein Päckchen, das an eine **Frau** H. Brombach adressiert ist. Natürlich echauffiert er sich total darüber.

»Jetzt schau dir das an!«, empört er sich.

Herr Hirnbein linst über Hannes Schulter und fragt

feixend: »Na, wie weiblich fühlst du dich denn heute? Mutierst du zur Frau?«

»Nein!«, ereifert sich der Verspottete. »Ich bin ein Mann!« Und zu mir gewandt: »Los, bestätige das!«

Ich schmunzele: »Tja, ich denke schon – ich nehme es jedenfalls an.«

»Press dich ganz eng an mich!«, fordert Hannes mich auf. »Dann wirst du's spüren!«

»Mach das ja nicht!«, kreischt meine Sitznachbarin Birgit. »Sonst petz ich's deinem Mann!«

Woraufhin Kurt Braun meint feststellen zu müssen: »Genetisch ist es bedingt, dass Frauen klatschen und tratschen – nachdem sie die Höhle flüchtig sauber gemacht haben.«

Torsten stimmt natürlich zu.

»Hysterisch kommt von ‚hystera‘, also Gebärmutter«, klärt Kurt uns weiter auf. »Wenn du dich das nächste Mal wieder über irgendwas tierisch aufregst, komme ich mit 'nem Ultraschallgerät und überprüfe, ob du eine Gebärmutter hast!«

Ich baue mich bedrohlich mit erhobener Kaffeetasse vor ihm auf.

»Pass auf, was du sagst! Du weißt nicht, was genetisch alles in mir steckt!«, warne ich ihn.

Kurt betrachtet mich nachdenklich: »Ich überlege gerade, was aus meiner männlichen Sozialisation geworden wäre, wenn ich mich mit dir zusammengetan hätte.«

»Dann wäre was Gescheites aus dir geworden!«, kontere ich.

Die Religionsgruppe der Klassen 7 wartet schon auf mich. Wir sprechen über Jesus und die Entstehung der Evangelien. Es geht um den Beginn des öffentlichen Auftretens Jesu. Petra schreibt in ihr Heft: »Erste Begegnung mit Menschen mit circa 30 Jahren.«

Die Schüler interessiert der Ablauf der Kreuzigung. Matthias notiert dazu: »Den Leuten wurde vor der Hinrichtung der Ruf genommen. Sie wurden hingerichtet durch die Hinrichtungsart der Römer.«

Louise schreibt über die spätere Auferstehung Jesu: »Als die zwei Jünger mit Jesus in ein Dorf gangen, haben sie nicht bemerkt, das Jesus mit ihnen gang. Sie sprachen über die Kreuzigung und Jesus stellte sich dumm.«

Eine andere Schülerin stellt fest: »Die Evangelisten sind die Söhne und Töchter von Gott.«

Zur Entstehung der Evangelien sollen die Siebtklässler folgende Zeichnung erläutern:

Das sind Perikopen, biblische Geschichten und ihre Verbindungsstücke. Diese Abbildung ist natürlich zuvor mit den Kindern besprochen worden.

So erinnert sich Susanne: »Es sieht aus wie eine Mauer. Es bedeutet Schutz für die Städte, sie heißen Schutzmauern.«

Sven dagegen meint: »Das sind die Steintafeln mit den 99 Geboten von Martin Luther.«

Birgit erzählt mir, dass sie Brackets bekommen soll. Sie ist nicht sonderlich begeistert davon. Der Kieferorthopäde hat beschwichtigend zu ihr gesagt: »Aber Sie tragen doch auch eine Brille. Das stört Sie doch auch nicht.« Ich bestärke sie in dem Vorhaben.

»Stell dir doch nur mal vor, wie blendend deine Zähne dann aussehen werden! Momentan könnte man dein Gebiss als Störungszeichen im Fernsehen senden.«

So verplaudern wir die Pause. Es schellt. Alle im Lehrerzimmer reden unbeirrt weiter. Birgit erkundigt sich schließlich: »Hat's schon gepimmelt?«

»Schon lange!«, klärt sie Hannes auf. »Gleich läutet's noch mal, dann ist die Stunde rum.«

»Oje, oje! Das Klingeln habe ich gar nicht gehört!«, jammert sie. »Was würde wohl der Herr Freud dazu sagen?«

»Dass du außer deiner Brille und deinen Brackets auch noch ein Hörgerät brauchst«, informiere ich sie.

Ich habe eine Freistunde, selten genug ist das der Fall! So ziehe ich meine Jacke an, schminke mir die Lippen und pudere meine Nase.

»Na, na, was hast du denn vor?«, fragt Torsten.

»Wenn ich dir das verrate, lässt du mich vielleicht nicht gehen!«

Er lacht und ich sage ihm, dass ich zum Tengelmann will.

»Und dafür machst du dich so zurecht?«

»Man weiß ja nie, wem man begegnet.«

»Wenn du den Multimillionär treffen willst, musst du bei Aldi einkaufen. Aber nicht bei dem in der Innenstadt. Das ist der Aso-Aldi.«

»Ehrlich? Das wusste ich ja noch gar nicht! Ist das das Jagdrevier? Da schick ich immer meinen Mann hin.«

»Wer weiß, wem er da begegnet!«, schaltet sich Friederike ein.

»Na schön, vielleicht hab ich ja Glück und treffe jetzt beim Tengelmann Richard Gere«, äußere ich hoffnungsvoll.

»Stehst du auf den?«, erkundigt sich Friederike. »Mein Typ ist eher Robert Redford.«

»Nun, dann kommen wir uns wenigstens nicht ins Gehege!«

Ich brause los. Im Flur stellt mich unser Rektor, Herr Lang. Auch kein Kostverächter!

»Sooo hübsch sollten Frauen gar nicht sein!«

»Ach wirklich?«, bemerke ich erstaunt.

»Ja, ich achte eher auf die inneren Werte«, belehrt er mich.

»Aber erst, nachdem die äußeren Signalreize gewirkt haben«, wende ich ein.

»Nun ja«, gibt er zu, »ich trinke gern ein gutes Getränk, aber das Gefäß, in dem es gereicht wird, darf ruhig auch gefällig sein.«

Als ich zurückkomme, sitzt Frau Stockfisch-Bär im Lehrerzimmer und korrigiert genervt vor sich hin. Ich schaue ihr über die Schulter: ein Biologietest, 6. Klasse, Sexualkunde, Marvin Desolat.

»Den habe ich in Deutsch«, stelle ich fest. »Ein richtiges Tränentier!«

»Das hier ist die absolute Katastrophe!«, stöhnt meine Kollegin und reicht mir die Arbeit. Die Schüler sollten verschiedene Fragen beantworten. Das sind Marvins Ergebnisse:

1.) Bei Jungen und Mädchen entwickeln sich ab dem 11. Lebensjahr zusätzliche Geschlechtsmerkmale.
Bei Jungen: Der Köper streckt sich. Die Schultern werden breiter, Stimmenbruch

Bei Mädchen: Die Brustwartzen werden grösser. Die Brust wächst, Axelhaare wachsen.

2.) *Die Zeit der Entwicklung der zusätzlichen Geschlechtsmerkmale nennt man:*
Pänateit oder Geschlechtsreif.

Was geschieht?
Bei der Frau liegen in den beiden Eierstöcken viele kleine Eileiter. Jeden Monat reift eine Wehe heran. Sie wandert in den Gebärmutter und von dort in die Hödenblase. Diesen Vorgang nennt man Scheidenausgang.

Wird die Scheide nicht befruchtet, löst sich die Harnröhre ab und die Reste werden durch die Kitzler abgegeben. Diesen Vorgang nennt man die Nabelschnur. Er wiederholt sich alle 6 Tage.

Beim Mann reifen in den beiden Harnröhren fortlaufend viele kleine Blechdrüssen. Sie werden in den Sammelleiter gespeichert. Wenn sie mit Flüssigkeit aus Vorstelldrüse und Blechdrüse ausgestoßen werden, nennt man das Drüsenbefruchtung.

Das Glied oder der Penis kann sich durch Drüsenbefruchtung versteifen.

3.) *Wann spricht man von Befruchtung?*
Wenn die Geschlechtszellen zusammen aufeinander, dann nennt man das eine Befruchtung.

4.) *Unterscheide zwischen*
    a) *Embryo:* Und embryo ist haut von Kind
    b) *Fetus:* Fedus kann sich selbstständig machen

5.) *Beschreibe die Schwangerschaft:*
Die Schwangerschaft dauert 9 Monate. In den ersten zwei Monaten werden alle Organe ausgebildet. Der Embryo schwimmt in der Früchteblase, die mit Fruchtwasser angefüllt ist. Dort ist er geschützt vor Mutterkuchen.

6.) Mutter und Kind sind durch die Nabelschnur miteinander verbunden.
Welche Aufgabe hat diese?
Die Nabelschnur ist da wenn die Mutter ist das auch, das Baby davon was abbekommt.

7.) Ab wann ist ein Fetus lebensfähig?
Ab dem 9. Monat

8.) Was ist der Mutterkuchen?
In Mutterkuchen schwimmt das Bayby.

9.) Durchschnittslänge und -gewicht beim Neugeborenen?
Die Länge ist 48-55 m

10.) Was sind Wehen?
Das sin wenn sich Gebärmutter zusammennimmt. Sie leiten die Schmerzen ein.

11.) Nenne einige Verhütungsmittel
a) Condome benutzen b) Priede c) Condome für Mädchen d) Mädchen hält Hand davor e) Spirale f) Scheide schützung und Penis schützung

Dazu fällt mir auch nichts mehr ein. Ich gebe ihr den Test kopfschüttelnd zurück. Kurt, seines Zeichens ebenfalls Bio-Lehrer, kann das alles nicht erschüttern. Er holt die Hausaufgabenüberprüfung seiner Klasse heraus und deklamiert: »Pubertät ist wenn wo der Geschlechtstrieb aufwacht und der hält dann lange lange an, bis zur Hochzeit.«

Ein anderer schreibt: »Pubertariat ist die Heranwachsung Jugendlicher zum sexuellen Gebrauch.«

Die Aufgabe »Beschreibe den weiblichen Zyklus« ist für Andreas keine Herausforderung, denn er weiß bestens Bescheid: »Der Zyklus beginnt. Die Frau wird geiler und die Temperatur steigt im Schnitt um einen halben Krad. Der Eisprung steht besser. Das Ei ist jetzt 45 Minuten fruchtbar.

Bei der Frau reifen 4 Eier, wo das Beste überlebt und springt.«

Man stelle sich das bitte bildlich vor! Doch Kurt ist noch nicht fertig. Er informiert uns, was Enzo schrieb: »Wenn Eizelle und Samenzelle zusammenkommen, entsteht ein muhender Embios.«

Was immer das auch sein mag! Um das zu verhindern, kann man verschiedene Maßnahmen ergreifen. Tanja schlägt vor: »Als Verhütungsmittel werden Präservative geschluckt.«

Kein Wunder, dass es immer noch ungewollte Schwangerschaften gibt! Und das in einer 10. Klasse, wie Kurt uns jetzt verrät.

Schließlich stellt eine Schülerin lapidar fest: »Es gibt Fälle, in denen es unvermeidbar ist, ein Kind zu gebären.«

Stimmt! Und diese Kinder sitzen dann in unserer Schule. »Und wir müssen die genetisch Verkorksten unterrichten«, seufzt Frau Stockfisch-Bär.

In der 7. Klasse diskutieren wir über Außenseitergruppen. Denise nennt als Beispiel die »körperlich Behinderten und die selig Behinderten.« Dann tauschen sich die Schüler aus über »Vertrauen und Verantwortung«. Sie nennen verschiedene Vertrauensverhältnisse: Eltern/Kinder, Ehepartner usw. Als die lange Liste fertig ist, meldet sich noch eine Schülerin und ergänzt: »Gott und Mensch.«

»Oi!«, ruft da Heiko erstaunt und platzt heraus: »An den denkt man so gar nicht!«

Zum Begriff »Angst« stellen wir fest, dass diese Menschen blockieren kann.

Melanie wiederholt: »Angst kann kultivieren.«

In der nächsten Stunde, Deutsch in der Klasse 5, sind wir in die Rechtschreibung vertieft. Wir kommen nur mühsam voran. Zunächst muss mir Thomas sein Stundenprotokoll abgeben. Er hat folgenden Text verfasst:

»Für das nächste Beispiel über Rüstung haben Sie Michael aufgerufen. Dann fragten Sie was sich geändert hat im Wort Wappen und Waffen. Als Antwort kam p und f. Dann fragten Sie wie man die Buchstaben p und f nennt. Nun fragten Sie: ‚Wie nennt man Mitlaute? Antwort? Weiß jemand wie man sie noch nennt?' – murmel, murmel.

Dann kam von irgendwo das Wort Vokal. Falsch! Jetzt haben Sie Ernie ermahnt. Barbara musste Vorlesen. Erklärung verschiedener Begriffe über Retten. Nun haben Sie Karin um eine Antwort gebeten. Lautes gelaver. Ich habe versucht mit ihnen zu diskutieren. Dann haben Sie das Rittertum erklärt. Dann haben wir so was ähnliches wie Beruferaten gemacht. Sie haben uns Hausaufgaben gegeben. Da hat es geklingelt.«

Einige Zeit später soll eine Schülerin einen Text wiedergeben, in dem es um eine Badeanstalt geht. Der Begriff ist ihr offensichtlich nicht geläufig. Sie spricht von einem »Badekloster«.

Es folgt ein kurzes Übungsdiktat, wobei ich einige Arbeiten einsammele, um sie zu korrigieren. Pedro hat notiert: »Unser Haus hat Sex Zimmer.« Das mag ja so sein, diktiert habe ich allerdings »sechs Zimmer«.

Zum Abschluss der Stunde wiederholen wir die verschiedenen Zeiten (Präsens, Präteritum, Futur …), weiterhin Singular (Einzahl) und Plural (Mehrzahl). Das übe ich mit den Kindern seit einem halben Jahr! Mustafa kommt zu mir ans Pult und fragt: »Plural ist doch die Endzeit, oder?«

Ich antworte entsetzt: »Ich glaube, die Endzeit ist bei dir angebrochen!«

Kurz vorm Klingeln will ich die Vergangenheitsform von »Es schneit« wissen. Recep: »Es schnie.«

Ich flüchte mich ins Lehrerzimmer. Dort gibt es Kuchen. Ulla Kahn hat Geburtstag. Im Gegensatz zu mir bedient sich Hannes.

»Was ist denn los?«, will er wissen.

»Ich esse lieber scharf als süß.«

»Du bist ja auch eher scharf als süß«, feixt er, »da hinten sind aber auch belegte Brötchen.«

Irene Zitzewitz gratuliert Ulla: »Alles Gute zum Geburtstag und keine Hundebisse!« Sie spricht aus Erfahrung, sie besitzt solch ein Viech.

»Und keine Floh-, Zecken- und Mückenbisse«, ergänze ich, »nur Liebesbisse!«

»Darin bin ich Meister!«, bietet sich Hannes an.

»Da musst du aber erst mal im Kamasutra nachlesen, wo und wie du sie platzieren sollst!«, foppe ich ihn.

»Dafür brauche ich doch keine Anleitung!«, entrüstet sich Hannes.

Ulla verzichtet trotzdem.

Ich labe mich nun an meinem Magermilchjoghurt, statt Kuchenkalorien in mich hineinzuschaufeln, und lecke den Deckel des Bechers ab. Mein Nachbar beobachtet das sehr besorgt: »Schneide dir damit nur nicht in die Zunge!«

»Um Himmels willen! Dann wäre ja die ganze Nacht gelaufen!«

Hannes beißt grinsend in sein drittes (!) Streuselstückchen.

Birgit stellt fest, dass sie schon wieder Vertretung hat. Sie ist »not amused«.

»Nur die besten, fähigsten und erfahrensten Kollegen werden mit diesen Aufgaben betraut«, tröste ich sie.

»Ja, und die, die nur A11 bezahlt bekommen! Aber ich mach's ja gerne!«

»Klar, so fühlst du dich wenigstens nicht übergangen.«

Sie nickt: »Ich bin gesund, ich kann Vertretung schieben.«

»Irrtum, du bist auch krank, aber du kommst trotzdem in die Schule. Selber schuld!«

»Stimmt. Auf meinem Grabstein steht dann: ‚Sie war immer zur Vertretung bereit.'«

»Wir werden dir ein Rosen-Arrangement in V-Form aufs Grab pflanzen«, verspreche ich ihr.

»Das kann ich dann vom Himmel aus in aller Ruhe betrachten«, seufzt sie.

»Oh nein«, rufe ich, »im Himmel machst du natürlich auch Vertretung! ‚Hofmann, bitte Wolke 7 übernehmen!'«

Birgit lacht: »Ich komm eh in die Hölle.«

»Da passiert dir das Gleiche: ‚Hofmann, Ofen 5 anheizen!'«

Ich komme zu spät in den Unterricht und entschuldige mich bei den Schülern: »Tut mir leid, dass ich mich so verspätet habe, aber eine Kollegin hat heute Geburtstag und es gab so leckere Brötchen im Lehrerzimmer, an denen konnte ich doch nicht vorbeigehen und musste grad noch eins essen.«

»Ach, die Frau Kahn!« Die Schüler wissen Bescheid. »Wie alt ist sie denn geworden?«

»Das müsst ihr sie schon selber fragen.«

»75!«, ruft einer.

»Nein, 50!«, ein anderer.

»Na klar, alle Lehrer sind mindestens 50 Jahre alt«, sage ich.

»Eigentlich müssten die doch alle viel älter aussehen, als sie sind – bei dem Stress mit uns!«, stellt Mario mitfühlend fest.

In der 5. Klasse betrachten wir in Religion das Dürer-Bild »Die heilige Dreieinigkeit«.

»Was bedeutet die INRI-Überschrift über dem Kreuz?«, fragt Svetlana.

»Das ist das Nummernschild von Gott«, erläutert ihr Markus.

Die Taube, die den Heiligen Geist darstellen soll, wird von den Schülern als »Geier« bezeichnet. Wir blättern zu einem weiteren Bild: Gottes schützende Hand liegt auf des Menschen Kopf.

»Das ist in Wirklichkeit aber nicht so, sonst könnte man sich morgens ja gar nicht kämmen, mit der Hand auf dem Haar!«, ruft Andy.

Wir schauen uns das Bild von »Jakobs Traum« an. Engel klettern auf einer Himmelsleiter empor zum Herrn. Eine Schülerin stellt fest: »Gott sieht aber böse aus, so, als wollte er die Leiter gleich umstoßen.«

In einer der nächsten Stunden lesen wir die Geschichte vom »Barmherzigen Samariter«. Dazu inszenieren die Schüler ein Rollenspiel, eine Diskussion zwischen dem Wirt, der den Verletzten aufgenommen hat, und einem frommen Juden. Der macht dem Wirt Vorwürfe, dieser verteidigt sich. Nachdem sie eine Weile debattiert haben, sagt der Jude: »Du bist mit Blut in Berührung gekommen. Der Priester flippt aus, wenn ich ihm das erzähle!«

Wirt: »Ach, der Priester! Der hilft dir auch nicht, wenn du verletzt am Wegesrand liegst.«

Jude: »Doch!«

Wirt: »Kann er ja gar nicht. Er darf doch nicht mit Blut in Berührung kommen.«

Jude: »Braucht er auch nicht. Er packt mich bei den Füßen und zieht mich in den Tempel.«

Wirt: »Das macht er bestimmt nicht!«

Jude: »Doch! Ich hab ihn schon gefragt!«

Kapitel 3

Am nächsten Tag gebe ich in der 7. Klasse einen Aufsatz zurück. Die Kinder sollten einen Brief verfassen: »Schreibe einen Brief an Verwandte, wie du deinen Tag verbringst!«

Einige Auszüge aus den Arbeiten:

»Es stimmt nicht, dass ich lange nichts von mir hören gelassen habe, aber ich musste viel für die Schule lernen, denn der Abgrund naht.«

Stimmt, das kann ich bestätigen.

Eine andere notiert: »Meine Schwester stürmte die Treppe hoch, sauer, weil sie Hausaufgaben machen sollte, und sang: ‚Ich arme Seele in Not!' Dann schimpfte sie: ‚Warum passieren mir immer die Widrigkeiten des Alltags?'«

Anscheinend ist das Mädchen von dem Disney-Film »Arielle« stark beeindruckt. Dort singt die Meerjungfrau denselben Text, allerdings aus anderen Gründen. Im Übrigen kann sich die Schwester gewählter ausdrücken als die Verfasserin des Aufsatzes.

Eine andere Schülerarbeit gibt mir zu denken: »Wenn ich die Hausaufgaben gemacht habe, gehe ich runter in den Keller, baue ein bisschen mit Holz zum Beispiel Autos und meine Schwester Bianca malt mit dem Malkasten. Vor lauter Angst habe ich mir mit dem Beil ins Bein gehauen, das tut auch ganz schön weh!«

Matthias bittet seinen Cousin um Unterstützung: »Im Sommer mache ich mein IRSA-Bronze. Du kannst mir ja die Daumen drücken, obwohl ich Chancen habe, das Abzeichen zu erhalten.«

Um Sport geht es auch in diesem Brief: »Morgens bin ich zum Bäcker gegangen und habe Brötchen (Schrippen) gekauft. Danach habe ich gefrüchtigt und ein bisschen später bin ich rauß, Fußballspielen gegangen und kam Mittags Punkt 12.00 Schlag nach Hause. Um 14.00 Uhr hatten wir, der ASV, ein Punktspiel gegen Frauenberg, welches wir 6:2 gewonnen hatten. Mit drei Toren kam ich fröhlich nach Hause.«

Ein anderer ist ganz selbstlos: »Ich hatte in meinem Brief nicht auf mich geachtet, darum so wenig von mir.«

Alexander beklagt sich bei seiner Tante: »Jedoch blieb im Winter mir der Schnupfen nicht erspart.« Ich streiche dies als Satzbaufehler an und er verbessert: »Der Schnupfen blieb jedoch dem Winter nicht erspart.«

Sabrina verabschiedet sich: »Also dann tschüs, ich wünsche dir noch viele Grüße.«

Die Personalratswahlen stehen an und Hannes, Kurt und ich sind im Wahlausschuss. Wir zählen die Stimmen aus. Hannes bemerkt über mich hinweg zu Kurt: »Wenn die mir so auf die Hände guckt, kriege ich ganz feuchte Finger.«

»Na, solange es nur die Finger sind!«, meint Kurt.

Ich lache und amüsiere mich über die beiden. Prompt verzählt sich Kurt.

»Du machst mich total nervös!«, beschwert er sich bei mir.

»Siehst du«, fühlt sich Hannes bestätigt, »die macht einen völlig fertig, die Frau!«

Dann beginnt er damit, seine Jackentaschen zu entmüllen.

Er räumt sie aus und allerlei Kram kommt ans Tageslicht. Er staunt selbst, was er alles findet.

»Gleich entdeckst du noch Kondome!«, frotzele ich.

Er wirft mir einen vernichtenden Blick zu, wühlt weiter und hat einen verhutzelten Luftballon in der Hand.

»Doch ein Kondom!«, lache ich.

»Was«, empört er sich und zieht den Luftballon auseinander, »der soll passen?!«

Rosi, die uns gegenüber sitzt, meint begütigend: »Na ja, vielleicht im alleräußersten Notfall!«

Beim Anblick des vermeintlichen Verhüterlis fällt Hannes ein Witz ein: »Was ist der Unterschied zwischen einem Präservativ für Normalmänner und einem für Beamte? ... Bei Beamten ist ein Bewegungsmelder dran.«

»Es wird übrigens an einem Impfstoff gegen Aids geforscht«, mischt sich Kurt nun ins Gespräch ein, »dann benötigt man diese Gummis nicht mehr. Das wäre ein Segen für die Menschheit!«

»Das wäre ein Segen für mich!«, grinst Hannes. »Es gibt da jetzt so neue Potenzpillen, die werden in Amerika hergestellt«, fügt er hinzu.

»Die verkauft mein Onkel an der Tankstelle«, bemerkt Rosi völlig unbeeindruckt.

»In Amerika?«, hake ich nach.

»Nein, hier in Deutschland. Brauchst du welche?«

»Nö. – Und? Wirken die überhaupt?«

»Ja, sechs Stunden. Aber wer will das schon!«

»Was, so lange? Dann bring doch mal welche mit! Haben die Nebenwirkungen?«, erkundige ich mich.

»Sind noch nie festgestellt worden«, erklärt Hannes.

»Doch!«, informiert ihn Rosi. »Nach sechs Stunden lässt die Potenz nach.«

Mit dem Thema »Partnerschaft und Sexualität« beschäftige ich mich auch in der nächsten Stunde. Religionsunterricht in der 10. Klasse mache ich sehr gerne. Die Schüler, die jetzt noch teilnehmen und nicht ausgetreten sind, zeigen ziemliche Motivation – oft auch nur, um eine gute Note zu erlangen, die als Ausgleich für ein anderes Fach dringend benötigt wird. Doch das schadet ja nichts. Außerdem ist das Unterrichtsklima äußerst locker.

Tanja will wissen, wer genau Giacomo Casanova war und was er alles in der Damenwelt angerichtet hat.

»Zunächst einmal heißt der auf Deutsch ‚Jakob Neuhaus‘«, übersetze ich, »das klingt schon weniger aufregend, nicht wahr?«

Dann tauschen die Schüler Informationen über diesen Herrn aus.

»Der hat die Frauen nach dem Gebrauch immer sitzen lassen«, weiß Leo.

»Pah, ohne den waren sie eh besser dran!«, faucht Sibylle. »Da hatten sie mehr Zeit zum Lesen.« Dazu muss man wissen, dass dieses Mädel ein ausgesprochener Bücherwurm ist.

»Die Zeitschrift für die verlassene Geliebte: ‚Schöner Wohnen‘«, ergänzt Miriam und Petra sinniert: »Haben Männer überhaupt Gefühle – und wenn ja, wo?«

»Na, hör mal!« Julian regt sich auf. »Ich hatte auch schon mal Liebeskummer.«

Alle sind sich einig, dass das ein ganz schrecklicher psychischer Schmerz ist.

»Aber er geht vorbei!«, tröste ich meine Schar. »Glaubt mir, ich spreche aus Erfahrung! Man denkt zwar in dem Moment, es gäbe nie mehr einen anderen, den man so sehr lieben könnte, aber später fragt man sich, was man an dem

Typ oder der Tussi bloß so toll gefunden hat. – Also, Leute, solltet ihr jemals wieder Liebeskummer haben, denkt sofort an mich!«

Alle lachen, aber vielleicht bleibt bei manchem doch etwas hängen.

»Es folgt also immer einer nach«, stellt Vera zufrieden fest.

Ihr Banknachbar packt ihre Hand und röhrt: »Vera, willst du meine erste Frau werden?«

Diese Frage entfacht die Diskussion, weshalb es heutzutage so viele Scheidungen gibt, und die Problematik wird angesprochen, wie man eine langweilig gewordene Beziehung etwas aufpeppen kann.

Bobby hat einen Vorschlag: »Indem beide mal neue und frische Unterwäsche anziehen.«

»Meine Schwester hat letztes Jahr ihren Freund geheiratet«, berichtet Jessica, »eigentlich wollte sie sich von ihm trennen, aber dann hat der so lange gekeilt, bis sie schwanger war. Und jetzt bereut sie's. Der Typ hat sich zu einer Mischung aus Dieter Bohlen und Pumuckl entwickelt.«

Interessant, das muss man sich mal bildlich vorstellen!

Die Stunde endet damit, dass Jens einen Witz erzählt: »Ein Talkmaster stellt einen Interviewpartner vor die Wahl: ,Sie können a) mit Ihrer Frau schlafen oder b) ...' – ,B!'«

Ich stolziere in meinem neuen knallengen Rock durchs Lehrerzimmer, was Hannes ausnehmend gut zu gefallen scheint.

»Wenn ich so deine Silhouette sehe, fällt mir auf, was du für einen knackigen Po hast.« Und er streichelt mir über denselben. »Das ist aber auch ein irres Röckchen, das du da anhast!«

36

Solches sieht Anne Haas, eilt sofort herbei, schlägt Hannes so heftig auf den Streichelarm, dass der Inhalt seiner Teetasse überschwappt – ich springe schnell in Sicherheit –, und tadelt: »Pass nur auf! Am Ende wird er noch seiner Ehefrau untreu!«

»Was so ein Rock nicht alles anrichtet!«, schmunzele ich.

Anne entschuldigt sich wegen des verschütteten Tees und gemeinsam wischen wir den Boden auf.

Frau Bohnkamp und Birgit tauschen sich derweil über die erfolgreiche Entfernung von Warzen aus. Erstere erzählt ganz ernsthaft von einer Person, die Warzen erfolgreich bespräche.

»Danach fallen alle Warzen einfach ab.«

»Bis auf die Brustwarzen«, füge ich hinzu, »die bleiben dran.«

Alle am Tisch prusten los, nur Frau Bohnkamp fragt entgeistert: »Wer hat denn so was gesagt?«

Birgit deutet auf mich: »Natürlich die Magdalena!«

Auch in der 8. Klasse wird mein Rock wohlwollend zur Kenntnis genommen. Als meine Schüler die Hausaufgabenstellung, die ich ihnen an der Tafel notiere, in ihre Hefte eintragen sollen, höre ich hinter meinem Rücken, wie Wojtek seinen Kumpel Siegfried ermahnt: »Du sollst abschreiben und nicht der Frau auf die Beine starren!«

Kapitel 4

Wenn man morgens mit der Bemerkung: »Scheiße, die ist heut' da!«, begrüßt wird, hat der Tag gleich einen fröhlichen Auftakt. Als Lehrerin bin ich natürlich an solche und ähnliche Schüleräußerungen gewöhnt – dabei gehöre ich noch zu den beliebteren Angehörigen dieser Gattung!

Das ist ohnehin nicht mein Tag! Ich habe mich nur mühsam aus dem Bett gepellt und nachdem mir der Kamm in die Kloschüssel gefallen ist, es aufgegeben, meine Frisur vorteilhaft verändern zu wollen.

Auf dem Lehrerparkplatz stelle ich meinen Wagen mal wieder auf dem Strich ab, was mir sofort einen Rüffel von Hannes einträgt: »Eure Hoheit benötigen wie immer zwei Stellplätze!« Außerdem beschwert er sich lautstark darüber, dass ich ihn auf dem Schulweg an einer Ampel schon wieder übersehen habe, obwohl er mir zuwinkte und Zeichen gab und »sich zum Affen machte!«

»Im Auto muss ich mich halt konzentrieren«, rechtfertige ich mich.

»Chryslerfahren ist doch wie Wohnzimmer!«, meckert er vorwurfsvoll.

»Im Wohnzimmer muss man aber nicht auf den Verkehr achten.«

Ich lasse ihn stehen, bin ohnehin sauer. Prompt stolpere

ich über Herrn Blatts Schultasche, die er mitten im Weg deponiert hat.

»Scheiße!«, fluche ich.

»Sie spricht ein großes Wort gelassen aus«, kommentiert Kurt und stellt zudem noch fest: »Du siehst aus wie ein struppiges, bissiges Pony.«

Bevor ich zurückkeifen kann, kommt Birgit auf mich zugerauscht. »Sag mir mal was Nettes, um mich aufzuheitern!«, fordert sie mich auf.

»Ich hab selbst schlechte Laune!«

»Na, da können sich Ihre Schüler ja freuen!«, stichelt Herr Mommsen im Vorübergehen. Ausgerechnet der! Gestern hat er noch lauthals im Lehrerzimmer herumgetönt: »Ich kann keine Schüler mehr sehen! Ich bin reif für die Insel!«

Umgekehrt ist das allerdings genauso. Jeder Schüler, der seinen Unterricht durchstehen muss, hat eine Tapferkeitsmedaille verdient. Das beginnt bereits mit der Qual, seinen Anblick ertragen zu müssen! Heute hat er sich topmodisch in einen weißen Matrosenanzug gekleidet, die Hose hat nur Dreiviertelbeine, so dass seine dünnen behaarten Waden besonders betont werden. Der weiße Stoff ist im Übrigen fast durchsichtig und wir dürfen alle wahrnehmen, dass seine Unterhose hellblau ist. Aber bei der schon im Mai herrschenden Hitze sind diese Beinkleider sicher angenehmer zu tragen als die kackbraunen, von den Hüften rutschenden Cordhosen, die sonst seinen dürren Leib umschlottern. Auch seine rot-gelb-grün karierte Jacke hat er heute im Schrank gelassen.

»Wo findet der nur immer seine ausgefallene Garderobe?«, überlegt Torsten. »Ich habe noch nie in einem Laden solche Klamotten gesehen!«

»In einem Geschäft für Faschingsartikel«, vermute ich.

»Er versteht sich ja selbst als ,Womanizer', als jemand, der Schlag bei den Frauen hat«, informiert uns Rosi, »vielleicht liegt das an der Art und Weise, wie er sich ausstaffiert.«

»Wenn er wirklich Ambitionen in Bezug aufs weibliche Geschlecht hat, sollte er erst mal was gegen seinen widerlichen Mundgeruch tun. Die Frauen fallen ihm wahrscheinlich nur zu Füßen, weil er sie anhaucht und sie daraufhin aus den Latschen kippen«, lästert Birgit.

Ich verziehe angeekelt das Gesicht.

»Diesen Pesthauch verbreitet er, weil er morgens immer seinen eigenen Urin trinkt«, weiß meine Kollegin zu berichten, »das stärkt angeblich die Abwehrkräfte.«

»Allerdings! Den würde ich abwehren, solange die Kräfte reichen, sollte er mir jemals zu nahe kommen!«, bemerkt Rosi. Da sie dem »Womanizer« Mommsen den Rücken zukehrt, sieht sie es nicht, aber er steht bereits hinter ihr. Dann niest er so laut, heftig und unkontrolliert in ihren Nacken, dass ihre Hochsteckfrisur ins Gleiten gerät.

Ihr verschlägt es vor Schreck die Sprache, sie ist völlig fassungslos. Mister Mommsen entschuldigt sich nicht einmal, sondern kichert nur blöde, als habe er sich einen besonders gelungenen Scherz erlaubt. Dann entschwindet er in eine geplagte Klasse.

»Wenn der so ejakuliert, wie er niest, tut mir seine Frau leid«, stelle ich fest und erhebe mich, um ebenfalls meinen Unterricht zu beginnen. Geklingelt hat es schon vor einiger Zeit.

Kaum stehe ich vor meinen ungeduldigen Schülern, fällt mir ein, dass ich in der Hektik das Klassenbuch vergessen habe. Ohne selbiges keine Anwesenheitskontrolle!

Schließlich muss ich die Schwänzer und Schwerkranken eintragen! Also eile ich zurück ins Lehrerzimmer. Auf dem Flur begegne ich Frau Kratzer, die reichlich verspätet durchs Treppenhaus hechtet. Als sie den letzten Absatz erreicht, erwartet sie schon Herr Lang, der unmissverständlich auf seine Armbanduhr deutet und die Kollegin zur Rede stellt.

»Das ist halt nicht meine biologische Zeit!«, gibt sie knapp Auskunft und rauscht hoheitsvoll an ihm vorbei.

Ich habe gleich Zoff mit meiner 8a wegen ihrer sehr fragwürdigen Arbeitshaltung bezüglich der Hausaufgaben. Ich stauche sie zusammen und kündige unangenehme Maßnahmen an, weil sie sich außerdem noch völlig disziplinlos gebärden.

»Wer meint, hier ständig reinrufen und stören zu müssen, ist herzlich eingeladen, den Stundenverlauf schriftlich festzuhalten und mir diese Ausarbeitung abzugeben, die dann natürlich benotet wird. Zwei von euch haben sich auf diese Weise bereits eine 6 eingehandelt!«

So, nun herrscht Ruhe! Bezüglich der Hausaufgaben bin ich mal auf den nächsten Montag gespannt, aber ich denke, dass mein Standpunkt rübergekommen ist. Welch ein Glück, dass ich schon eine Menge Berufserfahrung habe – als Anfänger möchte ich nicht in dieser Klasse landen!

In der nächsten Stunde habe ich Ärger in der 5f. Einige der Jungen haben Melanie in der 5-Minuten-Pause getreten, ihr das Trinkpäckchen abgenommen und es ausgetrunken, ihr den Ring vom Finger gezogen, ihn auf den Boden geworfen und darauf herumgetrampelt. Das Mädchen kommt mit zwei anderen tränenüberströmt ins Sekretariat.

Nach der Pause stürme ich also wie eine Furie in diese

Klasse und stelle die Täter »in den Senkel«. Gleich zweimal am Tag ein solcher Auftritt ist eigentlich gar nicht meine Art, ich hab's lieber locker. Aber manchmal ist halt der Dompteur in Lehrergestalt gefragt.

Meine Laune heben solche Vorfälle nun nicht gerade und entsprechend erbost sinke ich 45 Minuten später im Lehrerzimmer auf meinen Stuhl. Da nützt es auch rein gar nichts, dass der bescheuerte Mommsen mal wieder singt: »Rote Lippen soll man küssen, denn zum Küssen sind sie da!« Er schaut sich Beifall heischend um. Dummerweise applaudiert ihm die Kollegin Almberg. Verzückt klatscht sie in ihre Patschehändchen und er tiriliert weiter: »Rote Lippen sind dem siebten Himmel ja so nah!«

Meine Stimmung senkt sich eher Richtung Höllentor. Aber Mister Mommsen, seines Zeichens außer Sport- und Englisch- auch noch selbsternannter Musiklehrer, ist von einer finster entschlossenen Fröhlichkeit beseelt heute Morgen. Einige wenige Kollegen zeigen schulterklopfende Unterstützung. Die meisten jedoch sind genervt, rollen bedeutungsschwer mit den Augen, werfen sich vielsagende Blicke zu oder versuchen ihn einfach – so gut es eben geht – zu ignorieren.

Rosi ist auch ganz aufgekratzt. »Ich bin ein Sonntagskind«, jubiliert sie, »ich bin an einem Sonntag geboren!« Was ist bloß in die gefahren?

»Und wo bleibt dein Glück?«, erkundige ich mich.

»Das habe ich mich in meinem Leben auch schon des Öfteren gefragt«, gibt sie zu.

»War dein Geburtstag vielleicht der Totensonntag?«, vermute ich.

Birgit knallt neben mir Hefte auf den Tisch. »Du glaubst nicht, was die für einen Mist schreiben!«

»Doch, glaub ich«, beruhige ich sie. Kopfschüttelnd nimmt sie Platz. Sie hat einige Musikbegriffe in der 9. Klasse abgefragt:

Schlagerproduktion:

»… der Interpret singt abwesend von der anderen Besetzung.«

»…wenn der Sänger bei den Proben einen werdenden Schlager singt, werden dazu die Instrumente eingestellt.«

Melodie:

»… ist die ganze Musik. Wie die Menschen lieben, hören sie.«

Metrum:

»… z. B. ein Musiker, der schlägt mit den Füßen auf den Boden, aber man kann es nicht hören. Man nennt das auch Pulzschlag.«

Jazz:

»… Die Sklaven, die aus Afrika nach Amerika kamen, versuchten es den Weißen mit ihrer Musik nachzumachen. Aber sie verfehlten immer den Ton.«

Growl:

»… Ein Abdrängen der Musik durch Dämpfer des Mundstücks und Eindrücken des Kehlkopfs.«

Big Bands:

»… Big Bands sind gruppenweise Besetzte mit einem großen Orchester.«

»Selbst schuld!«, reagiere ich ungerührt. »Was fragst du auch so abartige Sachen!«

Aber sie ist noch nicht fertig. Statt »Rhythmus« schreibt ein Schüler »rückmuß«.

»Was sagst du als Deutschlehrerin dazu?«

»Dass der bei der Kollegin Jurst Unterricht hat.«

So bringe ich die vergrämte Birgit doch noch zum Lachen.

»Hör zu, es geht weiter!«

Was ist ein Shanty und warum sind sie meist in englischer Sprache?

(Es geht da wieder um Sklaven.)

»… Ein Shanty ist ein Sprechgesang. Sie sind auf Englisch, weil es in dieser Zeit einen großen Goldrausch gab und die Engländer die Deutschen mit ihren Schiffen nach Amerika brachten.«

Wie entsteht ein Orgelton?

»… Bei Orgel ist das Funktionieren mit Windmotor wichtig. Es bläst die nötige Wind. Ton entsteht durch Blasen. Die Pfeifen werden angeblasen.«

Ich denke eher, dass dieser Schüler eine Pfeife ist, von Artikeln hat er anscheinend auch noch nichts gehört. Wieder ein Jurst-Fall?

Nenne vier Blasinstrumente!

»Cello, Pauke.«

Warum waren Instrumente im frühchristlichen Gottesdienst verboten?

(heidnischer Kult)

»… Weil keiner von ihnen richtig spielen konnte.«

»… Weil man sie mehrstimmig singen musste und das war verboten.«

Leider klingelt es und wir müssen die Darbietung abbrechen.

Ich habe eine Vertretungsstunde und beschäftige die Schüler mit Arbeitsblättern.

Während sie sich raschelnd in ihre Aufgaben vertiefen, blättere ich im Klassenbuch und studiere die Einträge. In dieser 10. Klasse scheinen ja einige »Früchtchen« zu sein! Ich lese:

- *Steigel dreht sich eine Zigarette im Unterricht.*
- *Klose schlägt plötzlich um sich.*
- *Auler rülpst laut im Unterricht.*
- *Grelowski sperrt einen Schüler in einem Segment ein.*

Aha, das war im Werkunterricht und der tadelnde Lehrer mein lieber Kollege Hannes Brombach. Es geht weiter: Diese Stunde hatte es in sich!

- *Kluruk und Grelowski bedrohen sich gegenseitig mit Feuerzeugen.*
- *Schulze bewirft Mitschüler mit Sägemehl.*

Jetzt folgt ein Eintrag in Sport, ebenfalls von Hannes:

- *Stefan Kaiser schreit plötzlich mitten im Spiel: »Das ist doch alles Scheiße hier!« Mayerlin schließt sich dieser Meinung an.*

Nun folgt ein Tadel von Frau Sturm:

- *Kristjan von Holte isst – anstatt zu arbeiten – seine Eier.*

Das geschah also im Deutschunterricht. Aber auch in den Fremdsprachen wird offensichtlich gestört:

- *Kaminski und Derke schreiben in der Englischstunde Liebesbriefe.*
- *Boris K. klebt sein Kaugummi, das er während der Stunde kaute, mit einem Zettel an die Jacke einer Klassenkameradin. Betragenstadel!*
- *Drötchen verletzt beim Öffnen der Klassentür einen Mitschüler am Kopf, weil sie nicht den Anweisungen des Lehrers folgt.*
- *Becker wandert ständig in der Klasse herum und trocknet sich – trotz Verbotes – die Hände an den Vorhängen ab.*
- *Boris wirft mit Papier. Er hört auch nach dem Eintrag nicht auf damit.*

- *Marius P. kann seinen Appetit trotz Ermahnung nicht bändigen.*
- *Mittelstadt und Stein schlagen sich im Religionsunterricht (Thema: Frieden).*
- *Daniel, Patrick und Oliver werfen in der Pause mit Kondomen um sich.*
- *Stupaly lässt sich vom Stuhl fallen.*
- *Boris belästigt Mitschüler durch spielerische Szenen.*
- *Auler schreit bei Notenbesprechung herum.*
- *Schulze tobt 11.45 Uhr mit Ball auf dem Gang vor der Klasse 10c herum. Und schießt Ball vor die Tür.*
- *W. Heinrich verlässt im Unterricht den Klassenraum ohne ein Wort! Betragenstadel!*
- *J. Schwarz schreibt zwei Sätze in einer Stunde beim Aufsatzthema!*
- *M. Trasch und A. Mayerlin werden wegen schlechten sozialen Verhaltens getadelt. Sie lachen gehässig bei Misserfolg von Mitschülern.*
- *K. von Holte und F. Walz ärgern in der Pause einen Schüler der 7c und bewerfen ihn mit brennenden Streichhölzern.*
- *Volrath, Nicole turnt bei geöffnetem Fenster (!) auf der Fensterbank herum (2. Stock!).*

Frau Hirnbein beschwert sich über Folgendes:

- *Während der Lehrer abwesend ist, läuft Klaus B. durch die Klasse und zieht anderen an den Haaren.*

Da frage ich mich allerdings, weshalb und wie lange die Kollegin abwesend war! Im Übrigen scheint das öfters der Fall zu sein, denn zwei Wochen später hat sie eingetragen:

- *Ewald beschäftigt sich während meiner Abwesenheit mit einer Vokabeltestvorlage, die in meinem geschlossenen Buch liegt! Betrugsversuch!*

Vielleicht sollte sie zur Unterrichtszeit einfach mal in der Klasse bleiben, überlege ich und blättere weiter:

- *Drötchen wirft mit Kreide.*
- *Hessler, Trasch und Drötchen pfeifen trotz Ermahnung weiter.*
- *Mayerlin und Hessler stehen auf und bedrohen sich.*
- *Schwarz und Heinrich schlagen sich im Religionsunterricht.*

Schon wieder! Das Thema »Frieden« scheint keinen Erfolg zu zeitigen!

- *Roth isst im Unterricht, statt zu arbeiten.*
- *Ingo Schwab folgt dem Unterricht in keiner Weise, ist ständig abgelenkt und erzeugt unangenehme Geräusche.*

Da kann ich ja froh sein, diese Klasse unbeschadet wieder zu verlassen!

Im Lehrerzimmer erklärt mir Hannes, was er so alles mit seinem Computer machen kann. Ich bin voll der Bewunderung! Er erhebt seine ohnehin schon sonore Stimme: »Da siehst du, was ich für eine gute Partie bin!«

Ein noch relativ neuer Kollege erkundigt sich: »Sind Sie denn noch zu haben?«

Hannes zögert merklich und meint dann: »Na ja, eigentlich nicht.« Er legt mir den Arm um die Schultern: »Aber für sie mach ich glatt mal 'ne Ausnahme!«

Torsten will nun auch etwas zum Thema beitragen, denn er ist für den neuen Computerraum zuständig. »Da richte ich jetzt im Rollschrank eine Bar ein. Mit Software, also Alkohol, und Hardware, nämlich Pornos.«

Sofort hat er unsere ungeteilte Aufmerksamkeit. Ich beäuge ihn prüfend und stelle dann fest: »Schöner Mann, wir werden dich in deinem Boudoir besuchen. Dein Hemd hat übrigens eine tolle Farbe, steht dir gut!«

»Ja? Danke!«

Birgit mischt sich ein: »Der ganze Typ ist gut!«

»Mmh, und die Farbe seines Hemdes passt genau zu seinen blauen Augen.«

Torsten windet sich ein bisschen verlegen.

»Das Blau ist mit den Jahren schon etwas blasser geworden«, stellt Birgit einschränkend fest, »aber diese Haare! So schön lang und dicht!«

»Ja«, stimme ich zu, »und seit er graue Schläfen hat, sieht er noch interessanter aus!«

Torsten ist inzwischen errötet und weiß nicht, wie er unserer unverhohlenen Bewunderung begegnen soll. Da kommt Herta Hübner hinzu und fragt ihn nach einem Personalratstermin. Erleichtert wendet er sich von uns ab und ihr zu mit der Bemerkung: »Die Herta will etwas Ernsthaftes von mir.«

Ich entgegne empört: »Woher willst du wissen, dass wir nicht auch was Ernsthaftes von dir wollen?«

Er dreht uns resigniert den Rücken zu.

Kurt schneit herein und informiert uns: »Ich unterrichte jetzt klerikale Biologie.«

»Was soll das denn sein?«

»Enthaltsamkeit als Verhütungsmittel«, erklärt er.

Dann knallt er mir das Deutschheft einer meiner Schülerinnen aus der 8. Klasse auf den Tisch. »Das habe ich ihr in der Bio-Stunde abgenommen. Sie hat versucht, die Hausaufgaben noch schnell abzuschreiben.«

Stimmt, in der nächsten Stunde habe ich in der Klasse Unterricht.

»Als sie ihr Vorhaben scheitern sah, wurde sie aufmüpfig.

‚Wenn Sie mein Deutschheft so erotisch finden, können Sie es sich ja nachts unters Kopfkissen legen!' So redet die mit mir!«, beschwert sich Kurt.

»Ich werde sie mir gleich vorknöpfen!«, verspreche ich, da hämmert es an der Tür und die zornentbrannte Schülerin steht auf der Schwelle und schnaubt, dass sie sich total ungerecht behandelt fühlt. Sie spuckt Gift und Galle! Kurt dämmt diesen Riesenaufstand vorm Lehrerzimmer schließlich ein: »Also, diesen Umgangston verbitte ich mir! So kannst du nicht mit mir reden!«

Woraufhin sie entgegnet: »Ich befinde mich mitten in der Pubertät! Das sind die Hormone! Das müssten Sie als Bio-Lehrer eigentlich wissen!«

In der nun folgenden Deutschstunde lesen wir eine Lektüre, »Die Judenbuche« von Annette von Droste-Hülshoff. Es geht dort um Friedrich Mergel, den einzigen Sohn eines Grundstückseigentümers geringerer Klasse, der ein Säufer ist, in einer unglücklichen Ehe lebt und früh stirbt. Simon, ein Bruder der Mutter, nimmt sich des Jungen an. Friedrichs Leben nimmt einen dramatischen Verlauf – also alles wie im wirklichen Leben.

Die Schüler hatten eine Hausaufgabe auf, die Nicole, wie ich ja bereits weiß, nicht erledigt hat. Sie sitzt stumm auf ihrem Platz und schmollt. Da ich darüber aufgeklärt bin, dass ihre Hormone Purzelbäume schlagen, lasse ich sie in Ruhe und notiere mir nur, dass ihre Arbeit fehlt.

Die anderen lesen vor, wie die Beziehung zwischen Hermann Mergel und seiner Frau Magret beschrieben werden kann:

»Während der Hochzeit wurde sie gefragt, ob sie Hermann Mergel überhaupt heiraten wolle. Am Anfang der

Ehe konnte Magret triumphieren, doch ihr Mann Hermann konnte diese Schande nicht länger auf sich sitzen lassen. Und so trug es sich immer öfter zu, so dass er, wenn er besoffen war, in das Haus taumelte und mit seiner Frau Streit anfing. So geschah es auch, dass er an solch einem Tag die erste körperliche Beziehung mit seiner Frau hatte.«

»Du willst ausdrücken, dass er sie geschlagen hat?«

»Genau!« Der Schüler nickt befriedigt, dass ich seine Ausführungen sofort verstanden habe.

Robert zieht den Schluss: »Nachdem Mergels Hand sich zum ersten Mal an dessen Frau gelegt hatte, sah sie zum ersten Mal, welchen Sinn es hatte, ihn eines Besseren zu belehren.«

In den letzten beiden Stunden habe ich Polytechnik in einer Gruppe der Klassen 9. Sie besteht zurzeit nur aus Mädchen. Während sie stricken, unterhalten sie sich miteinander, tauschen sich aus und vergessen dabei oft völlig meine Anwesenheit. Es herrscht eine sehr entspannte Atmosphäre. Die Damen erzählen von ihren Erfahrungen mit dem männlichen Geschlecht.

Heike gibt zum Besten: »Der hat mir beim Küssen total den Mund aufgerissen mit seiner Zahnspange. Furchtbar! Und meine Zunge hat sich an irgendeinem Bracket festgeklemmt! – Danach war Schluss!«

Sie kommen zum Thema »Aufklärung« und dem Biologieunterricht in der 6. Klasse.

»Da hatten wir bei der Zitzewitz. Da haben wir nur von Bienen und Fröschen und Vögeln – nicht vom Vögeln – geredet!«, beschwert sich Carola.

»Ich glaube, die hat selbst keine Ahnung, wie sie zustande gekommen ist. Neulich kam die Angie in die Klasse mit neuen Leggings, die hat sie zum Geburtstag geschenkt bekommen und einige von ihren Freundinnen haben ihr zum Spaß ein paar Präservative an die Hose geheftet, die waren in einer braunen Verpackung drin. Und da hat die Zitzewitz gefragt: ‚Was hast du denn da für niedliche Schokoladentäfelchen an deiner Hose?'«

Eine andere Schülerin schaltet sich ein: »Wir hatten den Hopperdietzel in Bio! Der hat nur von Genen und Vererbungslehre geschwafelt, sonst nichts!«

»Da war der Braun besser!«, ruft Tanja. »Der hat uns genau gezeigt, wie ein Kondom benutzt wird. Wir durften erst an Bananen üben und sie dann essen.«

»Für Präser brauchste doch keinen Lehrer für«, kommentiert Emily, »das steht doch auf der Gebrauchsanweisung drauf! Brauchst doch nur auf die Verpackung zu gucken!«

»Na, besser ist es schon, wenn der Typ, wenn er das Ding braucht, nicht erst nachlesen muss, wie's geht!«, bemerkt Heike absolut richtig.

Im Lehrerzimmer steht Hannes in seinem Sportdress.
»Haste Turne?«, frage ich ihn auf gut Hessisch. »Nachmittagsunterricht?«

Er bestätigt und fragt mich: »Hast du die Melanie heute schon gesehen?«

»Nein. Wieso?«

»Die ist doch so auffallend hellhäutig. Und jetzt hat sie sich die Haare schwarz gefärbt. Ein interessanter Farbkontrast! Das sieht mutig aus!«

»Schneewittchen wird doch so beschrieben: ‚Weiß wie Schnee, schwarz wie Ebenholz.'«

»Die heißt doch Schneeflittchen!«, grinst Hannes.

»So?«

»Na klar, immerhin war sie mit sieben Zwergen zugange!«

»Stimmt«, nicke ich, »und hinterher hat sie sich tot gestellt!«

Es klopft an der Lehrerzimmertür und ein Schüler will
Herrn Bell sprechen, ob er wegen eines Vorstellungsge-
spräches für den folgenden Unterricht beurlaubt werden
könne.

»Vorstellungsgespräch?«, entgegnet Herr Bell. »Dich
nimmt sowieso niemand! Du bleibst hier!«

Manuel Schlott prustet vor Lachen in seinen Kaffee und
stellt fest: »Das nennt man Berufsberatung!«

Kapitel 5

Es herrscht fieberhafte Zeugnis-Betriebsamkeit. Listen liegen herum, müssen ausgefüllt werden, Kollegen grapschen sich gegenseitig Ordner und Kugelschreiber weg. Auch ich bin meinen soeben mit der Bemerkung: »Der schreibt doch schwarz!«, losgeworden.

Welch ein Vormittag! Und Herr Bell hat unbefugterweise wieder einige Zeugnislisten mit in seinen Unterricht genommen, wo er die Schüler mit einer Stillarbeit beschäftigt und seelenruhig seine Noten einträgt. Laut Konferenzbeschluss ist das strengstens untersagt, doch so manch eine Koryphäe hält sich nicht daran. Jeder, der in einer Freistunde eintragen will oder extra früher in der Schule erscheint, um die Listen auszufüllen, ärgert sich enorm darüber.

»Das sagt einem doch schon der gesunde Menschenverstand, dass das unfair ist!«, ereifert sich Elsa Mayer.

»Ja, aber mit gesundem Menschenverstand kommt man in diesem Kollegium nicht weiter!«, klärt Frau Sturm sie auf.

Den ganzen Morgen ist Hektik in der Schule. Kurt klopft Ulla auf die Finger, in der Annahme, es sei eine Schülerin, die da impertinent an der Lehrerzimmertür zieht. Kurze Zeit später klemmt Torsten Frau Jurst in der Tür ein, diese lässt vor Schreck sämtliche Arbeitshefte fallen.

In der Pause vertiefen sich alle in Zeugnisformulare. Ich

brauche eine Unterschrift von Hannes im Klassenbuch und versuche seine Aufmerksamkeit auf mich zu lenken. Ich gurre: »Hannes, Herzilein, Honey …« Er reagiert nicht. Lediglich Hella Hirnbein, die neben ihm steht, schaut mich grinsend an.

»Schubs ihn mal!«, bitte ich sie, woraufhin sie mit der Notenliste ausholt und ihm eins über den Schädel zieht, dass seine Frisur Schaden nimmt und er völlig verstört um sich blickt.

Rosi stellt fest, dass sie den Betragenstadel eines Schülers übersehen hat. Die zuständige Klassenleiterin weist sie auf einen weiteren hin.

»Ach, ich bin bekloppt!«, ruft die Angesprochene.

»Nun, Sie mögen ja bekloppt sein, aber ich bin nicht blöd und sehe das!«, erfolgt die freundliche Antwort.

Herr Mommsen wendet sich an Birgit, die in Ruhe Zeugnisnoten eintragen will – die beiden können einander nicht ausstehen –, und fragt süffisant: »Soll ich Ihnen einen blasen?«

»Na, na!«, warnt Kurt, während es Birgit die Sprache verschlägt. Herr Mommsen langt in seine abgewetzte Schultasche, fördert eine kleine Blockflöte zu Tage und beginnt auf ihr zu blöken. Diese musikalische Untermalung ist Gift für die vibrierenden Nerven der Anwesenden.

»Shut up!«, schreit eine Englisch-Kollegin zermürbt und ist kurz davor, völlig auszuzucken.

Meine Liste ist fertig und Frau Sturm bietet an, sie mit hinüber ins Sekretariat zu nehmen.

»Danke, und richten Sie dort bitte aus, ich möchte ein Sternchen in meiner Personalakte haben, für zügiges Arbeiten!«

Birgit will sich darüber ausschütten vor Lachen. »Wie gut,

dass ich mich heute noch so amüsieren kann! Du schaffst es immer wieder, mich zum Lachen zu bringen, du Frohnatur! Dein Mann hat bestimmt viel Spaß mit dir!«

»Sag ihm das mal!«

Kurt wendet sich an Friederike: »Wenn du dich nicht meinen Vorschlägen für die Kopfnoten anpasst, suche ich mir eine neue Deutschlehrerin für meine Klasse.«

Er blickt mich an und ergänzt: »Zum Beispiel die Magdalena.«

Torsten, Friederikes Göttergatte, springt auf und warnt ihn: »Tu's nicht! Tu's nicht! Bei der schreibst du dir die Finger wund! Die gibt lauter geteilte Noten und die Liste für Bemerkungen ist fast voll!«

Ich lache und zeige ihm die Liste für meine Klasse: völlig leer!

»Das hätte ich mir sowieso noch angeguckt«, erklärt Torsten, »alle Listen, in die du einträgst, werde ich kontrollieren, um zu sehen, ob du es nur mit mir so treibst!«

»Freu dich doch, dass ich es mit dir treibe!«, äußere ich bedeutungsvoll und ernte einen bösen Blick von Friederike.

»Was machst du mit deiner Klasse in den letzten beiden Stunden?«, haut mich Hannes an.

Ich zucke mit den Schultern. »Da die Hälfte fehlt, habe ich vor, den anderen ein Video zu zeigen. Willst du deine Leute dazusetzen?«

Er nickt begeistert. »Welchen Film hast du denn?«

»Von Michael Ende. Pädagogisch wertvoll! ‚Die uneheliche Geschichte'.«

Hannes grinst und schüttelt sein Haupt. Ich habe den Fauxpas bereits bemerkt.

»Guten Tag, Herr Freud! Ich meine natürlich ‚Die unendliche Geschichte'!«

Zur nächsten Stunde trifft auch Herta Hübner ein. Sie hat nur eine halbe Stelle.

»Kann ich dein Buch über die Ferien behalten?«, fragt sie mich. »Ich habe es als Urlaubslektüre eingeplant.«

»Klar«, nicke ich. Es handelt sich hierbei um Sterbegeschichten: »Letzte Worte«, so der Titel.

»Gefällt mir sehr gut!«, schwärmt Herta. »Gestern Abend hatte ich so schlechte Laune, da bin ich mit dem Buch und einem Glas Sekt ins Bett gegangen und nach einer Weile fühlte ich mich schon viel besser!«

»Ja, es ist immer beruhigend, zu erfahren, dass es anderen noch schlechter geht als einem selbst«, bestätige ich.

Endlich klingelt es nach der 6. Stunde! Heute langt's mal wieder!

Das Thema »Tod und Leben« habe ich kürzlich in der 10. Klasse in Religion durchgenommen. Die Schüler waren hochmotiviert! Auch von dem Buch »Letzte Worte« berichte ich.

»Goethes letzte Worte waren: ‚Mehr Licht!‘, Mozarts: ‚Musik!‘«

»Und Luthers?«, will Ilona wissen.

Ehe ich antworten kann, meint Felix: »Mehr Nonnen!«

Matthias fordert mich daraufhin auf: »Denken Sie sich schon mal Ihren Endspruch aus!«

Ich erzähle ihnen, dass ich mal mit meinen noch kleinen Kindern über den Tod gesprochen hätte. Meine Tochter meinte: »Ich würde ja gerne wissen, wie es ist, tot zu sein.«

»Ja, das wollen fast alle Menschen gerne wissen«, entgegnete ich.

»Ich habe eine Idee!«, rief sie. »Man braucht doch nur

auf ein Hochhaus zu steigen und vom obersten Stockwerk runterzuspringen, dann ist man tot.«

Ich bestätigte das. »Aber man bleibt auch tot und wird nie mehr leben, kann auch anderen nicht erzählen, wie es ist, tot zu sein.«

Meine Tochter überlegte: »Stimmt, Mami, dann wäre ich doch nicht so gerne tot. Denn dann könnte ich nie wieder Karussell fahren und nie wieder Eis essen!«

Lebenswünsche von Kindern! Meine Schüler sind durchaus in der Lage, das nachzuvollziehen.

Ich zeige ihnen eine Folie mit Todesanzeigen und wir reden über die Formulierungen und Umschreibungen für das Wort »sterben« oder »tot sein«.

Sina liest einen Nachruf vor: »Im Andenken an unsere liebe Mutter, Schwiegermutter, Oma, Schwester und Tante.«

Helgo ist total entsetzt: »Was?? Sind die alle auf einmal gestorben?«

Dann sprechen wir über Trauerrituale.

»Es ist nicht so wichtig, ob die Kleidung schwarz ist, Hauptsache, das Herz ist schwarz«, erläutert Michael.

Maria überlegt, »wie man als weibliches Wesen ein sinnvolles Leben nach dem Tod führen kann«, und Carola fragt: »Gibt's eigentlich ein Leben nach dem Tod?«

»Ja, aber nur in Einzelteilen«, erklärt ihr Bobby und zeigt ihr stolz seinen Organspendeausweis.

Simone schildert uns den Verlauf der Beerdigung »des zu Recht verstorbenen Nachbarn«. Offensichtlich war er bei ihr nicht sonderlich beliebt.

Matthias will nun auch seine Note verbessern, immerhin gibt's bald Zeugnisse, und meldet sich eifrig. Er führt aus, woran und wie sein Patenonkel gestorben ist: »... da ging es ratzfatz bergab und zack! war's vorbei!«

Ich zeige mich entsetzt ob seiner pietätlosen Formulierung, aber er ist ungerührt: »Keiner in der Familie hat's bedauert.«

Mirko zeigt auf. »Ich hab' einen Film im TV gesehen, in dem ein Mann im Sterben lag und ein anderer ihn fragte, ob er aufgeregt sei.«

»Fernsehen ist sowieso dazu da, die Menschen auf den Tod vorzubereiten«, meint Tessa abfällig. »Ich geh lieber in die Disco!«

Ich strebe Richtung 8c, in der ich die nächste Deutschstunde halten werde. An der Tür begrüßt Aytac eine Mitschülerin: »Na, du Fotze!« Ich falte ihn daraufhin kurz zusammen und er verzieht sich kleinlaut.

Dann stelle ich fest, dass sich Valentina eigenmächtig umgesetzt hat. Von mir gebeten, wieder ihren ursprünglichen Platz einzunehmen, weigert sie sich. Ich fordere sie scharf auf, **sofort** meiner Anweisung zu folgen und sich auf den Platz zu begeben, den die Klassenleiterin ihr zugedacht hat, sonst könne sie bei dieser nachsitzen, dann wisse sie, wo ihr Platz sei!

Valentina erhebt sich träge und erwidert: »Hallo! Wir wollen doch mal nicht übertreiben!« Ich verbitte mir diese respektlose Bemerkung und sie kontert: »Wie viele Kinder haben Sie?« Im Ton suggerierend: »Unfähige Mutter!« Ich kündige ihr eine Aktennotiz an, woraufhin Valentina reagiert: »Scheiß drauf!«

Natürlich wird das Folgen haben, aber selbst die bevorstehenden Zeugnisse vermögen manche Schüler nicht zu beeindrucken. Notengebung? Na und? Einschüchtern war gestern!

So sieht das auch Fabian Roggenweck, der zum wiederholten Male die Schule schwänzt. Frau Zitzewitz ruft seinen Vater an, um diesen über das Fehlverhalten seines Abkömmlings zu informieren. Der äußert sich unwirsch: »Wer sind Sie überhaupt und was wollen Sie eigentlich von mir?«

»Ich bin die Klassenlehrerin Ihres Sohnes Fabian.«

»Na und? Klassenlehrer hat der schon viele gehabt!«

Frau Zitzewitz legt empört ob dieses Umgangstones den Hörer auf.

Zwei Tage später erscheint der Vater in der Schule, um sich über sie beim Rektor zu beschweren. Da beißt er allerdings auf Granit. Herr Lang und Edwina sind ein eingeschworenes Team. Auf sie lässt er nichts kommen, nur er selbst darf auf ihr rumhacken! Denn inzwischen nervt sie ihn. Aber vor Jahren hatte der selbstverständlich verheiratete Herr ein Verhältnis mit ihr und von diesem Bonus zehrt Edwina heute noch. Ständig sucht sie seine Nähe und umflattert und umflötet ihn – sehr zu seinem Missfallen!

Ist er erkältet, füttert sie ihn vor aller Augen mit Vitaminbonbons und blökt:

»Haben wir ein Hüsterchen?« Meist flüchtet er umgehend aus dem Lehrerzimmer. Das nützt ihm allerdings wenig, denn die um seine Gesundheit Besorgte folgt ihm auf dem Fuße in seine Gemächer. Das übrige »Geturtel« findet dann aber zumindest außerhalb der Öffentlichkeit statt.

Frau Lang hatte damals Wind von der Affäre bekommen und ihr schnellstens ein Ende bereitet, eine Versetzung der Nebenbuhlerin konnte sie jedoch nicht erwirken. Und so wuselt diese weiterhin um den Mann ihrer Träume herum.

Unser Rektor schließt nachdrücklich seine Zimmertür,

wenn seine Ex-Geliebte im Sekretariat auftaucht, und hofft auf das rettende Klingeln zur Unterrichtsstunde. Da Edwina aber eng mit der Sekretärin, Frau Sandmann, »mein Sandmännchen«, befreundet ist, bringt ihm der strategische Rückzug gar nichts. Unter irgendeinem Vorwand reißt sie die Tür wieder auf und verschafft ihrer Genossin freien Zutritt.

Heute jedoch ist es der Hausmeister, der hereinstürmt, einen abgerissenen Klodeckel unter dem Arm. Er knallt Herrn Lang die Toilettenbrille samt Zubehör auf den Schreibtisch und brüllt: »Da sehen Sie, was Ihre Schüler anrichten! Die hier haben sie zerstört!«

Der Rektor ist sichtlich bestürzt. Ob über den Deckel oder über den Auftritt seines Untergebenen ist nicht ganz klar. Die Angelegenheit muss selbstverständlich verfolgt werden!

Kaum hat er tief Luft geholt, als auch schon die nächste Katastrophe über ihn hereinbricht. Frau Mayer taumelt total in Tränen aufgelöst über die Türschwelle.

»Schauen Sie aus dem Fenster!«, jammert sie.

Was er tut. Unten auf dem Schulhof erblickt er in großen Lettern geschrieben die Aufforderung: »MAYER VERPISS DICH! KEINER VERMISST DICH!«

Einige Zeit später lässt Herr Lang über diese sehr unbeliebte Kollegin verlauten: »Die muss früher mal als Mensch ganz nett gewesen sein.«

Ich gebe in der 10. Klasse eine Deutscharbeit zurück. Die Schüler sollten eine Charakterisierung schreiben.

Mirko stellt mir seine Schwester vor: »Sie ist sehr gefährlich! Ihr Gang ist menschlich. Sie hat keinen Bart.«

Richard hat Folgendes verbrochen: »Charakterisierung: Der Lehrer! Der Lehrer verhält sich diskret in der Schule als Vorbild, er versucht immer ein sogenannter Führer zu sein. Er ist normal gekleidet, tut sich gewählt ausdrücken und ist in der Schule ein ganz anderer Mensch als in der Freizeit. In der Schule ist der Lehrer immer gerecht in seinen eigenen Augen, wird aber nicht so gemocht, weil die Schüler meinen das ihre Note völlig unberechtigt ist. In der Freizeit kann jeder Lehrer ein toller Typ sein, nur in der Schule sind Lehrer sozusagen schlimm. Er hat immer annormale Kleidung für Schüler an.«

Eine Mitschülerin erklärt: »Lehrer haben zwei Kinder.«

Ich stelle sie zur Rede: »Nicht alle Lehrer haben zwei Kinder.«

»Doch!«

Ich schüttele den Kopf.

»Wie viele Kinder haben Sie?«, erkundigt sie sich.

»Zwei«, muss ich einräumen.

»Sehen Sie!«, trumpft sie auf.

Ehe wir weiter darüber diskutieren können, knarrt die Klassentür und Bernhard kommt hereingeschlurft. Viel zu spät, wie ich anmerke. Er liefert mir eine Entschuldigung ab: »Wegen eines komatösen Schlafes kommt mein Sohn heute zu spät zur Schule.«

Dieser Schüler ist auch um keine Ausrede verlogen!

Im Lehrerzimmer steht eine völlig fertige Frau Sturm. Sie streckt mir ein Diktat entgegen. »Da, lesen Sie mal!« Es geht um die Kurzgeschichte »Ein Bär wächst bis zum Dach«.

Sascha Weinbronn schreibt: »Wie sahen die jungen aus fragte der Kommissar. Der Wärter sagte: ,sie trugen blaue Hosen und gelbe Hemden…'

,sonst haben sie keinen Anhaltspunkt?'

,nein', sagte der Wärter.

Am nächsten Tag stand in der Zeitung: Ein Übermütiger Diebstahl im Tiergarten

Frau Sturm die Dumme Hurre

Sie können mich mal kreuzweise am Arsch lecken

Sie kleine abgefickte aufgestummte Arschgriescherrin. Sie Blondes Behindertes schwein. Sie mussen sich mal waschen wenn sie wüssten wie sie stinken.«

»Die Schüler sollten die Geschichte weitererzählen. Das ist Saschas Version!«, schreibt seine Lehrerin unter die »Arbeit«.

Dieser Vorfall wird in den Zeugniskonferenzen erörtert werden.

Ein weiteres Ärgernis passiert. Die Jurst-Klasse, 7a, hat der Frau Stockfisch-Bär Klebstoff auf den Lehrerstuhl geschmiert und die dumme Nuss setzt sich doch auch wahrhaftig darauf! Jetzt müssen wir alle nach der 6. Stunde zur Klassenkonferenz antreten.

Auf dem Schulweg lackiere ich mir an einer roten Ampel stehend schnell mal über meine Fingernägel. Das Lackfläschchen habe ich auf dem Lenkrad abgestellt. Irgendwie fühle ich mich allerdings in meinem Tun beobachtet.

Neben mir ein Mann in seinem Wagen schaut total verblüfft herüber. Ich wedele ihm mit gespreizten Fingern einen Gruß zu und fahre dann an. Welches Frauenbild habe ich wohl soeben bei ihm bestätigt?

Im Radio läuft ein erotischer Song. Sie: »Don't stop!« Er: »Keep me coming!« Der Moderator übersetzt frei: »Halt mich auf dem Laufenden!« Der hat seine Englischkenntnisse wahrscheinlich auf einer Realschule erworben, womöglich auf unserer bei Herrn Mommsen!

In der Schule ist zurzeit jeder gestresst. Das Halbjahr zieht sich hin wie Gummi; keiner hat mehr Lust, irgendetwas zu tun.

Momentan leiden wir alle unter einer Hitzewelle und ausgerechnet am heißesten Tag des Jahres haben wir unsere Zeugnis- und Versetzungskonferenzen.

Während wir tagen, braut sich ein Gewitter zusammen, das sich dann mit tennisballgroßen Hagelkörnern über uns entlädt. Sämtliche Autos, natürlich auch das meinige, tragen Schäden, Dellen und Beulen, davon. Aber: The show must go on! Wir schwitzen weiter und befinden über Schülernoten.

Frau Jurst stellt den irrwitzigen Antrag auf pädagogische Versetzung des Chaoten Christoph Tast, Klasse 5a. Sie unterrichtet ihn in Deutsch. Nicht nur, dass er in Arbeits- und Sozialverhalten die Note »ungenügend« hat, was allein schon eine Meisterleistung ist, sondern auch fachlich weist sein Zeugnis drei Sechsen und vier Fünfen auf. Frau Jurst, unsere Super-Erzieherin, will uns jedoch davon überzeugen, dass der Knabe hochintelligent ist und trotz der miesen Noten versetzt werden sollte.

Es wird dafür und dagegen plädiert und schließlich muss abgestimmt werden. Cornelius Walk, der Mathelehrer, ist sichtlich hin- und hergerissen, endlich hebt er die Hand und stimmt dagegen. Doch wegen eines Formfehlers muss die Prozedur wiederholt werden und innerhalb von zwei Minuten besinnt sich Cornelius nun eines anderen und stimmt diesmal für die pädagogische Versetzung. Damit hat Christoph es geschafft: Er kommt in die 6. Klasse.

So hängt das Schicksal eines Schülers oft am seidenen Faden! Ich jedoch platze und fahre meinen Kollegen an, wie es mit seiner Meinungsbildung aussehe, welche Kriterien er seinen Entscheidungen zu Grunde lege und ob er seine Zensuren auswürfele?

Er zuckt nur hilflos mit den Schultern. Das sind die Leute, die die Zukunft von Kindern gestalten! Und ein anderes armes Wesen bleibt mit nur einer Fünf hängen, weil es keinen Ausgleich hat, und muss die Klasse wiederholen.

Während ich meiner Entrüstung noch Luft mache und mir einige Kollegen eifrig zustimmen, rafft Frau Jurst schnell ihre Unterlagen zusammen und entschwindet, gefolgt von einem hochrotköpfigen Herrn Walk.

Die nächste Klasse ist dran und die Leitung hat Anne Haas, die Chaiselongue-Pädagogin. Am liebsten würde sie ihre psychologischen Ergüsse stundenlang über uns strömen lassen und so sind die im Lehrerzimmer Wartenden gewarnt: Diese Konferenz kann lange dauern! Alle rollen müde mit den Augen, nur Torsten hat die rettende Idee: »Magdalena, du hast doch immer irgendwelche Videokassetten in deinem Fach. Kannst du nicht einen unterhaltsamen Film herauskramen?«

»Klar!« Ich präsentiere ihm »Mr. Bean«.

Das Abspielgerät wird ins Lehrerzimmer geschoben und umgehend hockt die gesamte Schul-Elite vor dem Kasten und lacht sich krumm.

Eine geöffnete Flasche Sekt hebt die Stimmung um ein Weiteres. Als endlich der Ruf erschallt: »Die nächste Klasse ist dran!«, erheben sich die Beteiligten nur äußerst ungern von ihren Zuschauerplätzen.

Susi Stein beantragt die Herabsetzung der Sozialverhaltensnote für eine Schülerin, weil diese im letzten Halbjahr immer »gebummelt« habe.

»Was hat sie getan?«, hakt Torsten irritiert nach.

»Na, geschwänzt!«, wird er von Rosi aufgeklärt. »Gebummelt ist ein Ausdruck von drüben, der ehemaligen DDR, dafür.«

»Ach, wie niedlich!«, säuselt Frau Sturm. »Da hört sich das Fehlverhalten viel harmloser an.«

»Drüben gibt's nicht mehr!«, rügt Herr Bell. »Es gibt nur noch das Jenseits.«

»Die hatten doch noch mehr solch merkwürdiger Bezeichnungen. Statt ‚Hähnchen' sagten die ‚Broiler'!«, wirft Frau Stockfisch-Bär ein.

»Das klingt wie eine ethnische Minderheit«, meint Kurt.

Herr Lang ruft uns zur Ordnung.

»Ist diese Schülerin nicht vom Gymnasium gerade erst zu uns gekommen?«, will Matthias Blatt wissen.

»Allerdings«, bestätigt die Klassenlehrerin, »und zwar mit folgender Beurteilung.« Und sie liest vor: »Désirees derzeitiger Leistungsstand (Englisch 5, Französisch 5, Deutsch 5, Mathematik 4, Biologie 4) lässt befürchten, dass sie das Klassenziel (Versetzung in die Jahrgangsstufe 9) nicht erreichen wird, denn Leistungsbereitschaft, Arbeits- und Sozialverhalten lassen zu wünschen übrig: Sie ist unaufmerksam, desinteressiert, stört und zeigt kaum Einsatz im Unterricht. Darüber hinaus wird sie dem Anspruch des Lernstoffs nicht mal in Ansätzen gerecht, scheint bereits in elementären Fragestellungen überfordert. Deshalb spricht die Klassenkonferenz die Realschulempfehlung aus.«

Na, dann!

Ein Schüler, der heftig stottert, kommt zur Sprache.

»Aber er kann schön singen!«, meint die Musiklehrerin.

Eine Kollegin ist erstaunt: »Stottert er dabei nicht?«

»Nein, es ist bekannt, dass Stotterer gut singen können«, klärt uns Birgit auf und Hannes ergänzt: »Die können den Ton so lange halten!«

Schließlich werden wir vom Schulleiter noch darauf hingewiesen, dass die Noten für die Klassen 10 nicht als Ziffern, sondern ausgeschrieben auf den Zeugnisformularen zu erscheinen haben. Also statt »2« hat ein »Gut« dort zu stehen.

Frau Mayer, die Hauswirtschaftslehrerin, die vertretungsweise dieses Mal Zeugnisse schreiben muss, hat das nicht ganz mitbekommen und liefert am nächsten Tag Formulare ab, auf denen ausgeschrieben steht: »eins«, »zwei«, »vier« usw. Sie ist äußerst empört, als ihr klargemacht wird, dass sie alles noch mal schreiben muss!

Eine andere Kollegin kommt ungeschoren davon, obwohl sie in ihren Zeugnissen die Note 5 ganz besonders dick eingetragen hat. So fällt dem Betrachter das Wesentliche gleich ins Auge! Die anderen Noten sind normal geschrieben.

Nach diesen ungemein anstrengenden Konferenzen fahre ich mit rasenden Kopfschmerzen mein verbeultes Auto heim. Ein Presslufthammer scheint sich in meinem Hirn breitgemacht zu haben! Ich werfe einige Tabletten ein und schreibe dennoch die Zeugnisse. Hinterher tun mir auch noch Rücken und Handgelenke weh. Heute weiß ich, was ich geleistet habe!

In der Schule findet die Abschiedsfeier für Herrn Lang, unseren Rektor, statt. Er geht in den wohlverdienten Ruhestand.

Herr Bruderle, unser Schulrat, erscheint zu diesem feierlichen Ereignis, hält eine gekonnte Rede und zollt den Damen, so auch mir, seine Aufmerksamkeit. Ein Charmeur! Später teilt mir Friederike mit, dass »unser oberster Chef« Schlangen züchtet, sie denke, das sollte ich wissen. Ich blicke sie erstaunt an.

»Na ja«, erläutert sie, »ich wusste das auch lange nicht und hatte so mein Bild von unserem Schulrat, jetzt jedoch sehe ich ihn mit ganz anderen Augen.«

Mit welchen, hat sie mir leider nicht verraten.

»Keine Sorge, Friederike«, beruhige ich sie, »ich werde mich von seinen Schlangen fernhalten!«

Kurt kündigt an, er müsse demnächst mal mit Herrn Bruderle über seine mögliche Versetzung reden und wolle sich dazu »in Schale werfen«.

»Da hast du keine Chancen!«, klärt ihn wiederum Friederike auf. »Unser Schulrat steht auf Frauen.«

Erneuter, vielsagender Blick auf mich. Um ihren Anspielungen nicht noch mehr Munition zu geben, flirte ich dann halt mit ihrem Ehemann. Ist auch ganz nett!

Kapitel 6

Mein Nervenkostüm blättert immer mehr ab, besonders, wenn die Schüler daran rütteln! Meine schöne Urlaubserholung ist bereits wieder hin!

Wir haben eine neue Schulleitung, Frau Hartmann, und sie ist sehr erfolgreich darin, sämtliche Kollegen zu verärgern und gegen sich aufzubringen – in erheblichem Ausmaße Birgit. Unsere frischgebackene Chefin hatte die Ärmste gleich von Anfang an auf dem Kieker.

Ich habe Birgit schwer ins Gewissen geredet, sich nicht so sehr aufzuregen – es bringt ja doch nichts! Sie ruiniert nur ihre Gesundheit.

»Lerne schweigen, ohne zu platzen!«, predige ich ihr und sie will versuchen, sich ein dickeres Fell zuzulegen. Das ist bei dieser Giftspritze allerdings nicht ganz leicht, das gebe ich zu. Ich bin auch schon mit ihr aneinandergeraten, weil sie Zusagen schlichtweg nicht einhält und, wie Torsten festgestellt hat, lügt wie gedruckt!

Mit dem kann man jetzt wieder reden und herumflachsen. Kurz vor den Ferien war ihm der Humor vollständig abhandengekommen. Schulstress. Ehestress, was auch immer die Ursache gewesen sein mag. Diese miese Stimmung ist jedenfalls verflogen – Friederike beobachtet seinen Frohsinn misstrauisch. Ihrer Meinung nach versteht er sich etwas zu gut mit Rosi. Außerdem, so hat er überraschenderweise Ulla sein Herz ausgeschüttet, fühlt er sich äußerst unwohl durch die Machenschaften seiner Frau, die intrigiert, wo sie nur kann. Wahrscheinlich will sie sich »lieb Kind« bei der Schulleitung machen und ihre Methode besteht leider darin, andere Kollegen anzuschwärzen.

Er müsse endlich mal mit jemandem reden, hat er gesagt und Ulla spontan umarmt. Wenn Friederike das wüsste, würde sie explodieren!

Mommsen, diese trübe Tasse, singt mal wieder! Dann nibbelt er an seinem Karotten- oder Rote-Beete-Saft oder an seinem Eigen-Urin – wer weiß das schon so genau? – und knabbert an seiner Brunnenkresse. Eine bedauernswerte Praktikantin ist ihm zugeteilt worden, sie stellt sich uns vor: »Ramson, Brigitte – Brr-igitt-e!« Das »e« spricht sie kurz aus, so als spuckte sie den Buchstaben dem Rest hinterher. Eine bemerkenswerte Art, sich einem neuen Kollegium bekannt zu machen!

Birgit erzählt mir von ihrem Indien-Urlaub. Anschaulich schildert sie die scheußlichen unhygienischen Zustände dort: »Besonders in Benares, wo die Leprakranken mit ihren blutdurchtränkten Stümpfen auf dich zukommen und um eine milde Gabe betteln. – Wenn dir so einer die Hand gibt, kann er sie gleich behalten!«

Sören Busch säbelt sich mit der Papierschneidemaschine fast die Daumenkuppe ab. Es blutet höllisch und muss genäht werden. Mit anderen Worten: Es fängt alles gut an!

Ansonsten gibt es eine nachträgliche Stundenplanänderung. Alle, die es betrifft, klagen darüber. Ich bin glücklicherweise verschont geblieben. Das liegt am Fach Religion. Das wird ohnehin immer auf die Randstunden gelegt, so dass die ausgetretenen Schüler nicht betreut werden müssen, sondern sehr zur Freude der Zurückbleibenden nach Hause gehen können. Aber das ist immer noch besser als die vorherige Regelung. Da war es nämlich so, dass der Religionslehrer diese Schüler und auch die Andersgläubigen mit beaufsichtigen musste und die Kinder wie die Hühner auf der Stange hinten an der Klassenzimmerwand hockten und gackerten. An Ruhe war gar nicht zu denken! Aber inzwischen sind die Moslems den teilnehmenden Christen zahlenmäßig weit überlegen und würden den Raum sprengen – von anderen Schwierigkeiten mal abgesehen!

Also: Reli = Randstunden! So sieht es die Stundentafel zwar nicht vor und es widerspricht auch den Vorschriften, aber Frau Hartmann hat es so angeordnet und so wird's dann auch gemacht.

Die Stimmung ist also gespannt und mies. Nur Kurt hat ein nettes Wort für mich, die ich eine schwarze Bluse trage, die mit Streifen durchbrochen ist, übrig: »Der Prisoner-Look steht dir gut!«

Es ist schwül und eine Schülerin fällt mir in der 5. Stunde kreislaufbedingt vom Stuhl. Unsere Rektorin gibt jedoch nicht – so wie andere Schulen im Umkreis – hitzefrei, mit der Begründung: »Im Gegensatz zu anderen liegen wir in einer Frischluftschneise.« Dem widerspricht das Thermometer ganz entschieden!

Ich habe also in der sechsten Stunde Religion in meiner 8. Klasse. Keiner ist motiviert, das ist vollkommen klar, alles lümmelt sich in den Bänken herum und versucht, nicht in den Schweißpfützen festzukleben. Wir nehmen Fremdreligionen durch, zunächst den Islam.

Tobias klärt mich auf: »Wenn ein Moslem eine Tat verüben will, zum Beispiel heiraten, muss er vorher im Koran nachgucken, ob er das darf.«

Die Schüler fertigen eine Tabelle an. Die Aufgabe lautet: »Liste Rechte und Pflichten von Mann und Frau im Islam auf!«

Mann	*Frau*
Kinder machen	*Betten machen*
Er darf bis zu 4 Frauen haben	*Sie darf nicht aufdringlich sein*
Er muss alle versorgen	*Sie muss die Kinder säugen*
Er darf sie schlagen	*Sie darf von ihrem Mann geschlagen werden, ohne zurückzuschlagen*

Sabrina stellt fest: »Die Frau muss dem Mann gehorchen, ist sozusagen sein Unterbau. Sie darf sich nicht vor anderen Männern gegen ihren Mann aufstemmen, das darf sie sowieso nicht!«

Jasmin ergänzt: »Im Islam darf der Mann die Frau schlagen, wenn sie ihm nicht hörig ist.«

Dann wiederholen die Schüler, was sie über Mohammed wissen.

Markus beginnt: »Die Moslems wollen nicht Mohammedaner genannt werden, weil Mohammed sie in den Ruin stürzte und bekämpfte.«

Da hat aber jemand gut aufgepasst!

Ein anderer Schüler stellt fest: »Mohammed war gegen die Götterei.«

Lena meint: »Mohammed setzte sich schwer für den Glauben ein. Er wurde als Waisenkind geboren.«

Wie er das wohl gemacht hat, frage ich mich.

Wulf weiß Folgendes mitzuteilen: »Mohammed war

früher arm gewesen, bis er eine reiche Frau geheiratet hat. Dann hat er die Religion verkündet. Die Leute konnten ihm nichts anhaben, weil er so mächtig war. Hätte er keine reiche Frau geheiratet, gäbe es wahrscheinlich keinen Islam.«

Reni hat ein anderes Bild: »Mohammed wurde verdammt und war kein gutes Beispiel für die Moslems.«

Das stellt Vera richtig: »Mohammed war der Gott der Moslemen.«

Enzo erklärt zum Koran, der Heiligen Schrift der Moslems: »Sie müssen das Buch lesen und ab drei Jahren wird es ihnen vorgesülzt.«

Zur Moschee stellt Sven fest: »Sie haben keine Glocken, sondern einen Menschen, der schreiend den Gottesdienst ankündigt.«

Ich versuche, diesen Wust von angeblichem Wissen zu entwirren, und informiere dann die Schüler, dass die Gläubigen im Fastenmonat Ramadan keine Wohlgerüche einatmen dürfen. »Was ist damit gemeint?«

Markus' Antwort erfolgt prompt: »Zigarettenrauch!«

Ein anderer gibt zum Besten: »Jeder Moslem muss neun Monate fasten.« Ob er da etwas mit einer Schwangerschaft verwechselt? Manon schränkt die Behauptung jedoch bereits ein: »Sie dürfen einen Monat nichts essen.«

Ich drösele diesen Wirrwarr auseinander und frage anschließend: »Ein moslemischer Schüler hat Ramadan. Wie verhalten wir uns?«

Sven zeigt Einsicht: »Wir schmatzen ihm nichts vor, die Lehrer lassen ihn in Ruhe, von wegen ,Wir hören uns mal an, wie dumm der Ali ist!'«

Da das ansonsten ein typisches Lehrerverhalten ist, bleibt also der arme Ali wenigstens im Fastenmonat vom Spott verschont!

Zum Abschluss besprechen wir die Bedeutung von Jesus im Islam.

Lena stellt locker fest: »Er war ein gern gesehener Mann.«

Ich verkünde im Lehrerzimmer, dass ich ein Fortbildungsseminar besuchen werde, am Wochenende, in meiner Freizeit natürlich.

»Warum machst du denn das?«, fragt Birgit. »Strickst du an deinem Heiligenschein?«

»Den habe ich doch bereits!« Ich deute die Aura meines Hauptes an. »Siehst du nicht, wie er glänzt?«

»Ach, daher kommen deine Kopfschmerzen«, mischt sich Hella ein, »der Heiligenschein ist zu eng!«

»Diesmal fahre ich schon am Freitag«, verkünde ich Hannes.

»Und Sonntag kommst du wieder?« Ich nicke.

»Also zwei ganze Nächte!«, stellt er fest und grinst mich an.

»Sag mal, was denkst du dir eigentlich, was ich da tue?«, fauche ich ihn an.

»Wilde Sachen!«, vermutet er.

»Wie bitte? Ich fahre schließlich zu den Betbrüdern, wie du sie immer nennst!«

»Da gibt es sicher einige, die das mit dem Beten nicht so ernst nehmen, und du siehst das ja vielleicht auch nicht so eng!«

»Na, hör mal! Bestimmte Dinge sehe ich sogar sehr eng!«

Er hebt die Brauen und betrachtet mich amüsiert.

»Nun«, räume ich ein, »ich werde bestimmt des Abends Wein statt Weihwasser trinken.«

»Nimm doch den Abendmahlswein!«, schlägt er vor.

»Der ist mir zu sauer. Obwohl ich ja gerne trockenen trinke – insofern werde ich mich also schon vergnügen – und anbeten lasse ich mich auch«, frotzele ich, »aber damit hat sich's dann schon.«

Das Seminar entpuppt sich übrigens als ausgesprochen unterhaltsam. Lehrer unter sich können mitunter genauso albern sein wie Schüler.

Eine Gruppe führt eine Pantomime mit tänzerischen Einlagen vor dem Tagungsgebäude auf. Die anderen Fortbildungswilligen schauen zu. Man will ja was lernen! Einige ungebetene Zaungäste finden sich ein und beobachten die Darbietung mit offensichtlichem Erstaunen. Unsere Kollegen hüpfen unkoordiniert herum. Hans wirft gerade schwungvoll seinen Hut in den Bach.

»Was diese Zuschauer wohl jetzt von uns denken?«, frage ich Jutta, eine neben mir stehende Teilnehmerin.

»Ach«, beruhigt sie mich, »es sind ja auch oft Behindertengruppen hier.«

Nachmittags machen wir Joga-Übungen auf der Wiese hinter dem Haus. Kinder traben vorbei, verharren und sehen uns verblüfft zu.

»Was machen die denn da?«, will ein Mädchen wissen.

»Sexualkunde!«, gibt ein anderes fachkundig zurück.

Ein unscheinbares »Muttchen« vertraut sich mir abends beim Weine an. Wie ich zu dieser Ehre komme, weiß ich nicht genau. Sie habe ein so schlechtes Gewissen! Sie sei verheiratet, Mutter von sechs Kindern, katholisch und in ihrer Kirche sehr engagiert. Zu engagiert, wie sich dann herausstellt.

»Seit drei Jahren habe ich ein leidenschaftliches Verhältnis mit dem dortigen Priester. Wir können einfach nicht voneinander lassen!«, beichtet sie mir.

Ich erteile ihr Absolution. Immerhin scheint der Herr Pastor mit dem Verhältnis einverstanden zu sein, im Gegensatz zu einem seiner Kollegen, der, wie ich der Tageszeitung entnehmen konnte, seit fast sechs Jahren von einer liebestollen Rentnerin (64) verfolgt wird. Die schickt ihrem Schwarm anzügliche Botschaften und bombardiert ihn mit obszönen Anrufen. Pfarrhaus und Garten schmückte sie mit Dessous. Irgendeine ominöse Anziehungskraft muss von diesen Gottesmännern ausgehen!

Am Montagmorgen betrete ich frisch mit Unterrichtsideen gestärkt die Schule. Birgit steht mit wie zum Taktstock erhobener Banane im Lehrerzimmer und verkündet Theorien zum neuen Schulgesetz. Ich lenke sie ab, indem ich ihr von einem Film mit Richard Gere erzähle. Birgit ist ganz Ohr, dieser Mann ist auch ihr Schauspielerschwarm.

»Aber verheiratet ist er leider mit der Cindy Crawford«, störe ich ihre Verzückung.

»Tatsächlich? Ist er das? – Na, dann bleibe ich doch bei meinem Gert!«

»Da hat dein Freund aber Glück gehabt!«

Ich fächele mir mit dem Klassenbuch Luft zu. »Heiß heute!«

Hella Hirnbein hat Kreislaufprobleme. »Ich brauche einen Kompass, um von einer Zimmerecke in die andere zu kommen!«, klagt sie.

Die Luft scheint zwischen den Mauern des denkmalgeschützten Gebäudes zu stehen. Aber siehe da, nach der zweiten großen Pause wird die frohe Botschaft verkündet:

30 Grad – es gibt hitzefrei! Trotz Frischluftschneise, kaum zu glauben!

Frau Sturm geht mit mir zum Parkplatz und erzählt von einer Heroinsüchtigen, die ihr gestern in der Apotheke über den Weg gelaufen ist. Irgendein Medikament wurde dieser Person dort ausgehändigt. Anschließend sei das Mädchen vor ihr die Straße hinabgetorkelt, an einem Obststand vorbeigekommen und habe sich da ganz selbstverständlich eine Banane von einer Staude abgebrochen und mitgenommen.

»Da kam mein Lehrerinnenblut in Wallung! Ich hab sie angesprochen und ihr gesagt, dass sie das gefälligst zu lassen habe! Wenn das nun jeder machen wollte! Ich hatte auch eine schwierige Kindheit und bin nicht süchtig geworden.«

Die junge Frau habe sie nur glasig angestarrt und sei weitergetrottet. Aber sie habe sich wenigstens Luft gemacht!

Ich falle erschöpft in mein Auto. Das Lenkrad ist glühend heiß. Ich fasse es mit spitzen Fingern an und fahre los.

In der ersten Stunde habe ich Religion in der 6. Klasse. Wir besprechen die Entstehung der Bibel und die zehn Gebote.

»Weshalb ist das erste Gebot so ausführlich?«

Basti meldet sich: »Na ja, der Gott muss sich doch erst mal ordentlich vorstellen.«

Tanja vermutet: »Damit die Leute merken, dass es gleich ernst losgeht!«

Zur Entstehung der Bibel stellt Jonas fest: »Das Neue Testament entstand ursprünglich in Japan.« Auch über die Abkürzungen in der Heiligen Schrift ist er bestens informiert – 1. Kor. (1. Korintherbrief): »Das heißt erster Koran.«

Sabrina meint: »Verfasser des Neuen Testaments ist Markus Ameredus und der des Alten Testaments heißt Hipreich.«

Karen wirft ungefragt ein, dass der Name Medusa lautet. Von Hipreich habe sie noch nie gehört. Ich auch nicht, das muss ich ihr zugestehen.

Ich teile einen Text aus, der darüber informiert, wie die Mönche früher die Bibel abschrieben. Die Überschrift hierzu: »Die Künstler in der Kutte«.

Ein Schüler liest vor: »Die Künstler in der Nutte.«

Was eine Nutte ist, wissen übrigens alle, das Wort »Kutte« hingegen muss ich erklären.

»Eine solche Bibelabschrift dauerte viele Jahre lang. Was musste dabei beachtet werden?«

Matthias: »Keiner durfte sterben.«

Anschließend gebe ich in der 5. Klasse einen Aufsatz zurück, »Ein Erlebnis mit Tieren«.

Schon die Überschriften sind verheißungsvoll:

- *Der Kater, der die Haare abstellte (Ich nehme mal an, sie sträubten sich)*
- *Wie der Hund auf den Teppich schiss*
- *Der gestorbene Hamster im Winterschlaf*

Auch einige Formulierungen ließen mich bei der Korrektur schmunzeln, z. B.:

»Der Hund flätschte die Zähne und knurrte noch kresslicher.«

»Der Förster zillte durch eine Schißscharte.«

»Der Boxer (Hund) ist ein ganz lieber Kerl, aber hören tut er wie ein Backofen.«

»Der Himmel war ganz verwolkt und das Gewitter war auch schon böse.«

»Der Schweiß quoll mir aus allen Poren.«

»Nachdem ich die Landschaft mit meinen Blicken versehen hatte, fielen meine Augen auf den Pferdestall.«

»Die Kuh stierte mich auffordernd an.«

»Meine Familie lauschte mir spannend zu.«

»Die Eule schrie: ‚Kuckuck'!« (Anscheinend beherrscht sie eine Fremdsprache.)

»Ich hatte beim lebendigen Leibe gezittert. Wie konnte ich selbst nicht sagen. Schau doch, ich zittere ja jetzt noch.«

»Ich hörte mehrere unheimliche Geräusche. Jetzt lief ich wie ein angestochenes Kamel davon.«

»Das alles geschah übergestern.« (Vorgestern, vermute ich.)

»Unsere Katze hat vier Junge bekommen. Ich rief: ‚Mami, Mietzi hatte keinen safer Sex!'«

»Ich fragte: ‚Wo ist denn mein zu trinken?'«

Nachdem ich die Aufsätze besprochen und ausgeteilt habe, kommt Marco nach vorne zum Pult gepest und stemmt seine Arme in die Hüften: »Sie haben mir eine 5 gegeben, aber ich müsste eine 4 bekommen! Sie haben ein paar Punkte vergessen!«

Ich nehme sein Heft. »Also rechnen wir gemeinsam noch mal nach.«

Wir zählen und es stellt sich heraus, dass er zu seinen erlangten Punkten mal kurz die Note dazuaddiert hatte. Enttäuscht trollt er sich wieder auf seinen Platz und beginnt mit der Verbesserung.

René meldet sich: »Wissen Sie, wen wir in Englisch in Vertretung haben? Die Frau Haas ist doch auf Klassenfahrt. Mein Bruder ist nämlich in ihrer Klasse. – Ach, ich freu mich ja so!«

»Weshalb denn?«, will ich natürlich wissen.

»Jetzt sind wir zwei Deibel auf einen Schlag losgeworden!«, strahlt er.

Apropos Klassenfahrt! Als besagte Lehrerin mit ihrer Klasse eine Woche in England war, hatte sie zuvor Verhaltensregeln aufgestellt: Gegen Händchenhalten hätte sie ja nichts, aber alles, was darüber hinausginge, müsse auf der Klassenfahrt unterlassen werden. Blablabla. Einige Schülerinnen beschwerten sich darüber bei dem sie begleitenden Lehrer, Herrn Brombach.

»Fragen Sie doch mal die Frau Haas, ob wir uns wenigstens selbstbefriedigen dürfen!«

»Da müsst ihr sie schon selber fragen«, entgegnet der geistesgegenwärtig.

In England kam es dann zu verschiedenen Zwischenfällen.

Paul, ein schlaksiger Typ und vollkommener »Verpeiler«, schaut am Straßenrand stehend prompt in die falsche Richtung (Linksverkehr!) und betritt die Fahrbahn in der Annahme, es käme kein Auto. Fehlanzeige! Ein Bus rattert vorbei. Gleich darauf ein Aufschrei: »Herr Brombach, Herr Brombach, mir is 'nen Bus über die Füße gefahren!« Er starrt völlig fassungslos auf seine ruinierten Schuhspitzen.

»Sind die Zehen noch dran?«, will sein Lehrer wissen. Paul nickt.

»Dann lauf weiter!«

Am nächsten Tag, während einer Busfahrt, greift Sascha einer Mitschülerin von hinten in ihren Ausschnitt. Entrüstet knallt sie ihm eine und redet fortan nicht mehr mit ihm.

Später beschwert sie sich über diesen Vorfall bei Hannes und versucht, ihm den Sachverhalt möglichst nachvollziehbar zu gestalten. Sie fragt ihn: »Herr Brombach, was würde wohl die Frau Haas sagen, wenn Sie ihr einfach an die Brust greifen würden?«

Er antwortet ziemlich verdutzt: »Ich weiß nicht, wie sie reagieren würde. Warum willst du das wissen?«

Also erzählt sie ihm, was Sascha gemacht hat. Doch statt nun wutschnaubend den unverschämten Schüler zu maßregeln, empfiehlt er ihr nur, mit ihm darüber zu reden. Sie zieht enttäuscht ab und als sie von ihren Freundinnen gefragt wird, was denn Herr Brombach zu dem Vorfall gemeint habe, äußert sie: »Ach, der hat gesagt, ich soll dem Sascha doch seinen Spaß lassen!«

Dieser Knabe ist nur einer von mehreren Chaoten, die man auf Klassenfahrten so mitschleppen muss. Es macht übrigens keinen Sinn, diese auf die verschiedenen Zimmer zu verteilen, in der Hoffnung, sie würden von den anderen positiv beeinflusst. Das Gegenteil ist der Fall. Also: Alle Idioten in einen Raum verfrachten, dann hat man nur einen »Puma-Stall«!

Eine Schülerin kauft in einem Souvenirladen kleine, phosphoreszierende Leuchtpüppchen. Während der Busfahrt hält sie diese unter ihr T-Shirt – dort ist es dunkel – und luppert von oben in ihren Ausschnitt hinein. Ihr Lehrer beobachtet das und als sie seine Blicke bemerkt, fordert sie ihn freundlich auf: »Herr Bromberg, woll'n Sie mal gucken? Die leuchten!«

»Na, also, Doreen, was sagst du denn da? Woll'n Sie mal gucken? Die leuchten!«

Erst als alle lachen, wird ihr ihre zweideutige Bemerkung bewusst.

Am Piccadilly Circus steigen sie aus und Frau Haas will die Gruppe mit dem Reiseführer in der Hand durch London lotsen.

»Tja, im Prinzip ist es egal, ob wir nach rechts, nach links oder geradeaus gehen«, erläutert sie den Jugendlichen. So spricht die Fachfrau für Erdkunde!

Aber Schüler sind in Geografie oft auch nicht sonderlich bewandert. Frau Sturm kann davon ein Lied singen! Sie kommt völlig entnervt ins Lehrerzimmer.

»In der sechsten Stunde interessieren die Schüler die Breitengrade einen Scheiß!«

Da hat sie wahrscheinlich Recht.

Auch das »Wissen« eines Daniel Larduso vermag das Lehrerherz nicht zu erfreuen.

»Brüssel ist die Hauptstadt von Straßburg«, behauptet er.

»Überleg noch mal!«, fordert ihn Frau Sturm auf.

Da hat er die Erleuchtung: »Ach nein, umgekehrt! Straßburg ist die Hauptstadt von Brüssel!«

Auch die Feststellung eines Fünftklässlers: »Ohne Sonne ist der Himmel Luft«, hilft nicht wirklich weiter oder etwa die Erkenntnis: »Wenn man in der Schweiz die Berge weglassen würde, sähe sie aus wie Deutschland.«

Da kann man als Pädagoge schon den Mut verlieren, besonders, wenn man sich Mühe gibt, einen anspruchsvollen und anschaulichen Unterricht zu halten, so wie Frau Sturm es immer wieder versucht: »Stellt euch Las Vegas als riesigen Flipper vor, in dem die Menschen als Kugeln herumrollen!«

Oder sie zeigt Dias: »Hier seht ihr den Schwarzwald.«

»Wo?«, grunzt Mario. »Ich seh nur Bäume!«

So bekommt sie denn auch oft Anerkennung seitens der Schüler: »Bilden Sie sich bloß nicht ein, ich schreibe Ihnen aus Spanien! Ich würde Ihnen nicht mal vom Klo 'ne Karte schicken!«

Derartig frustriert, klagt sie uns ihr Leid über die Unkenntnis ihrer Klasse: »Sie werden immer dümmer! Sie wissen nicht mal mehr, wo die Niers fließt! Und schuld daran ist nur die SPD!«

Kapitel 7

Am nächsten Morgen hockt Herr Mommsen vor Schulbeginn auf der Treppe, die zum zweiten Stock führt, und versucht uns mit Panflöten-Spiel meditativ auf den neuen Tag einzustimmen. Leider trifft er selten den richtigen Ton, so dass es wie Katzengejammer klingt. Dann richtet er sich auf, breitet die Arme aus wie Jesus über Rio und brummt ein vibrierendes »Ohm ...« Ich bekomme Bauchschmerzen davon und flüchte ins Lehrerzimmer, schnell die Tür hinter mir zuziehend. Da habe ich jedoch nicht mit Henni Almbach gerechnet, die trotz ihrer beträchtlichen Fülle sofort herbeischwebt und sie wieder aufreißt.

»Grandios!«, schmatzt sie und beißt herzhaft in ihren Schokoriegel. »Schade, dass er seine Bongos nicht dabeihat!«

Das hätte gerade noch gefehlt, dass dieser tumbe Trommeltrottel uns zusätzlich damit malträtiert! Ich raffe meine Arbeitsblätter zusammen und renne überpünktlich in meine Klasse.

In der 6. Klasse reden wir über das Thema »Umweltverschmutzung«. Mustafa meint: »Ein Flugzeugabsturz ist eine große Umweltverschmutzung.«

»Wie bitte?«

»Na, die ganzen Toten, die da rumliegen«, stellt er ungerührt fest.

Dann sollen die Schüler einen Appell zum Naturschutz schreiben.

Annika liest vor: »Liebe Bürger! Schützt die Tiere in der Natur wie eure eigenen Kinder! Wer sie erschießt, ist rücksichtslos!«

Die Kinder üben weiter, einen Aufruf zu verfassen: Der Schulhof soll verschönert werden! Vorschläge an die Schulleitung:

Michel schreibt schon mal falsch von der Tafel ab:

»Vorschläge an die Schulleitung: Sie soll verbessert und verschönert werden!«

Trotz des Fehlers muss ich schmunzeln. An seiner Formulierung ist was dran!

Edwina schlägt vor:

»Die Verschönerung des Schulhofs in eine Art Park soll

1. den Schüler dazu bewegen, sich zu entspannen und aufzulockern.

2. Könnte eventuell eine ruhige Affäre davon entstehen.«

Raffael insistiert:

»Sehr geehrte Frau Direktor! Wir bitten Sie aufdringlichst, dieses Schulfest zu organisieren! Die Vorteile wären gar nicht wegzudenken!«

Dann habe ich Religion, ebenfalls Klasse 6. Wir nehmen das Thema »evangelisch/katholisch« durch. Auf meine Frage, welche Besonderheiten es in der katholischen Kirche gibt, erhalte ich interessante Informationen:

»Unter dem Boden der Kirche liegen immer Tote.«

»Die Katholischen haben einen Ablassstuhl.«

»Die haben dort Teekesselchen, da ist stinkendes Wasser drin, wenn man reinkommt.«

Ich erkläre, dass das Weihwasser ist, und erläutere seine Funktion. Andreas hat nicht zugehört. »Bei den Katholiken trinkt der Pfarrer Weihwasser«, erklärt er.

»Nein«, korrigiert ihn ein anderer, »wenn ein Katholik eine Sünde begangen hat, dann muss er zur Strafe das Weihwasser trinken.«

Noch so eine Dumpfbacke, die nicht aufgepasst hat!

»Sie haben dort auch Messdiener, Weihrauch und Schwefel«, ergänzt Sven.

»Sie atmen den Mairauch ein. Davon werden sie high!«, weiß Susanne.

»Der Pfarrer trägt ein weißes Kostüm.« Melanie hat das schon mal gesehen.

Ein Mitschüler stimmt dieser Beobachtung nachdrücklich zu: »Ja, in der katholischen Kirche gibt es weiße Kittel!«

»Der Pfarrer muss den Glauben verteilen«, meint ein anderer. »Und die Mistdiener helfen ihm dabei.«

»Messdiener!«, stelle ich richtig, doch keiner nimmt Notiz davon.

Marc verkündet: »Die Katholischen gehen, wenn sie etwas angestellt haben, zum Pfarrer. Die evangelischen Leute gehen gleich zu Gott.«

Aha, da hat jemand in der Grundschule schon mal was von der Reformation gehört. Darauf werde ich später zurückkommen.

Die Schüler sollen Gemeinsamkeiten zwischen evangelischen und katholischen Christen nennen. Ralf scheint einschlägige Erfahrungen zu haben: »Bei beiden ist der Pfarrer unrasiert.«

Ich gebe vor: »Die Katholiken haben einen anderen Namen für das Kreuz.« Lars schreibt an die Tafel:

»Krotzfichse«. Susi eilt nach vorne, um das zu verbessern: »Gruzifiks«.

Wir besprechen die katholischen Feste und Feiertage. Auch nach eingehenden Erläuterungen und Erklärungen schwirren merkwürdige Vorstellungen in den Köpfen meiner Schüler herum.

»Allerheiligen und Allerseelen werden auch Todesfest genannt.«

Wulf weiß etwas über den Dreikönigstag am 6. Januar: »An diesem Tag gehen drei Katholiken durch den Ort und sammeln von anderen Katholiken Sachen ein, zum Beispiel Schafe oder Ziegen, die sie dann als Opfer an Gott geben.«

Sarah gibt auch ihren Senf dazu: »Die Heiligen Drei Könige sind Gesandte aus dem Morgenland, um zu sehen, was los ist. Und sie heißen Kaspar, Melchior und Beethoven.«

Frank zählt einen weiteren katholischen Feiertag auf: »Der Tag der deutschen Einheit.«

Schließlich ist die Einsegnung Gesprächsthema.

»Die Erstkomomion ist der erste Tag an der heiligen Teilnahme in der Kirche.«

Ein anderer ergänzt: »Und die Firmung ist dann die Heiligsprechung.«

Anne bemerkt altklug: »In der katholischen Kirche wird man heilig, wenn man ein gutes Leben führt, wie Maria.«

»Die Firmung ist die Aufnehmung ins Kirchenreich«, äußert sich Vanessa.

Marc weiß auch etwas: »Nur die Evangelischen können konfirmiert werden. Dadurch werden sie in das Glaubensbekenntnis eingeschlossen.«

»Welche Bedeutung hat Maria in der katholischen Kirche? Hat jemand eine Ahnung?«, erkundige ich mich.

Antwort: »Sie ist die Frau von Jesus.«

Das habe ich davon! Ich hätte gar nicht fragen sollen!

Melanie war schon mal in einer katholischen Kirche, »weil meine Freundin, die ist das«, und lässt uns an ihrem Erfahrungsschatz teilhaben: »Wenn Leute Gott oder Maria anbeten wollen, dann lauert hinter den Gemälden oder Figuren immer der Pfarrer, der sich die Sünden oder Taten anhört.«

Ein katholischer Mitschüler, der heute ausnahmsweise an meinem Unterricht teilnehmen muss (seine Klasse hat einen Wandertag, an dem er wegen Fehlverhaltens nicht teilnehmen darf), schaltet sich nun ein: »Quatsch, der sitzt doch im Beichtstuhl!« In diesem Zusammenhang hat er eine Frage an mich: »Warum ist es im Beichtstuhl eigentlich immer so dunkel? Ich finde das gar nicht gut! Da hockt so einer im dunklen Kasten und will was von mir wissen und ich weiß überhaupt nicht, wer's ist!«

Ich beruhige ihn: »Das ist der Pfarrer.«

»Weiß man's? Das nächste Mal nehme ich eine Taschenlampe mit und leuchte rüber!«

»Was ist denn ein Beichtstuhl?« Julia hat diesen Teil des Unterrichts offensichtlich verpasst.

»Die Bettkammer!«, ruft Matthias.

Meine evangelischen Schüler haben noch weitere Informationen für mich.

»Die Katholiken bekommen beim Abendmahl einen Schluck Wein und ein Stückchen vom Omelett.«

»Die Katholischen beten beim Rosenkranz jede Rose an.«

»Welche gemeinsamen Feste feiern wir?«, frage ich schließlich und bekomme sie aufgezählt: »Weihnachten, Silvester, Fasching, Halloween und Ostern.«

Susanne berichtet von verschiedenen Osterbräuchen und weiß sogar etwas über die Fruchtbarkeitsgöttin Ostara. Ich bin schwer beeindruckt.

»Was haben die Ostereier eigentlich mit Jesus zu tun?« Das ist ihr noch unklar. Isabella gibt ihr die gewünschte Auskunft: »Na, die Kopfform!«

Ich starre sie entgeistert an.

»Na, den Eierkopf!«, erläutert sie.

Im Lehrerzimmer korrigiert Birgit einen Musiktest. Sie sieht ziemlich verzweifelt aus und schüttelt unaufhörlich ihr weises Haupt. Kurt kommt hinzu: »Was schüttelst du denn dauernd deinen Kopf? Ist das Gewinde kaputt?«

Sie seufzt: »Hört euch das mal an! Es geht um Komponisten:

,Bach brachte 20 Kinder in 2 Ehen auf die Welt. Einer seiner Söhne ist in der Gosse verfallen.'

,Bachs Söhne waren Haltegriffe zwischen Barock und klassischer Musik.'

,Christiane, seine Frau, nahm die katholische Staatsangehörigkeit an.'

,Er spielte am Potsdamer Schloss als Dirigent.'

Eine Frage lautet: ,Wie verärgerte Bach seine Arbeitgeber?'

,Bach war Hoforganist, nachdem er bei Buxtehude war, schrieb er oder spielte er nur verrückte Lieder. Dafür musste er 4 Wochen im Knast sitzen.'

,Händel war auch bei Buxtehude und wollte dort die Stelle Bachs als Hofkapellmeister antreten, als er merkte, dass Buxtehude ihm seine Tochter an den Hals wirft bzw. verheiraten will, flieht er jedoch wieder weg.'

‚Smetanas Freund war Karajan.'

‚Smetana musste 1874 seine Karriere aufgeben, weil er sein vollständiges Gehör verlor und daher sterben musste.'

‚Smetana musste die Musik aufgeben, weil er sein Gehör vollständig verlor und irgendwann geistlich davonschlief.'

‚Smetana starb bei nicht ganz geistigem Zustand.'

‚Er starb in geistiger Umgebung.'

‚Haydn musste sich nach dem Stimmbruch seinen Lebensunterhalt als Klavierlehrer und Tanzgeier verdienen.'

‚Mozart war so arm, dass er sich kein Grab leisten konnte, und wurde so irgendwo eingebuddelt.'

‚Dukas bekam eine Komponistenklasse am Pariser Krematorium.'

‚Prokofieff reiste in viele Länder: Deutschland, Frankfurt, Mainz ...'

‚Liszt wurde immer heiliger.'

‚Mit zunehmendem Alter wurde Liszt immer geistlicher.'

‚Guido von Arezzo war ein Italiener, geboren wurde er von 990 bis 1500.'

Eine weitere Frage ist folgende: ‚Mit welchem Klavierspieler war Saint-Saëns befreundet?'

Antwort: ‚Mit Flügel und Orgel.'«

Frau Hartmann kommt hereingeschneit und legt Kurt betont auffällig einen Merkzettel auf den Tisch. Er möge doch die zweite Stunde am 17. August im Klassenbuch nachtragen. Sie meckert über seine Vergesslichkeit. Er sieht in seinem Kalender nach, was er an diesem Tag durchgenommen hat, und stellt fest: Es war ein Sonntag!

Ich sortiere Entschuldigungen. Die weißen Zettel umflattern mich wie Friedenstauben. Eine Mutter schreibt:

»Sehr geehrte Frau Marx.

Hiermit entschuldige ich meine Tochter Simone, da sie die Hausaufgaben nicht verstanden hat und daher Sie mit Sicherheit nicht richtig sind.

Mit besten Grüßen …«

Seit wann werden die Hausaufgaben mit der Höflichkeitsform angeredet? Oder meint sie am Ende etwa doch mich?

Während ich noch darüber nachgrübele, kommt Torsten abgehetzt ins Lehrerzimmer gestürzt und lässt sich auf seinen Stuhl sinken.

»Da ist mir im Sport eben eine Schülerin zusammengeklappt und ein Krankenwagen hat sie gerade abgeholt. Es scheint aber glücklicherweise nichts Ernstes zu sein.«

»Und warum wurde sie dann in die Klinik gebracht?«, erkundigt sich Rosi.

»Na ja«, berichtet er, »da liegt die Fazila vor mir auf dem Bett, äh, auf der Liege oder Trage oder was, ich über sie gebeugt, an der Telefonscheibe drehend, um Hilfe zu holen, währenddessen nibbelt die mir ab! Die Aische, die daneben steht, klatscht ihr auf die Wangen: ‚Fazila, hörst du mich noch? Hörst du mich noch?'

Natürlich bekomme ich ‚Kein Anschluss unter dieser Nummer', also geh ich durch die Halle und versuche dort, eine Verbindung zum Sekretariat zu bekommen. Es meldet sich niemand! Keiner da! Also hab ich die Polizei angerufen, dass die einen Notarzt schickt.« Er hält kurz inne. »Was sollte ich denn sonst machen, wo die so unter mir lag?«

»Da liegt eine auf dem Bett unter mir. Was soll ich jetzt

machen?«, lachen wir. »Ei, Bub, nun biste schon 48 Jahre, da musste doch wissen, waste machen sollst!«

Kurt informiert uns, dass es übrigens in der Sporthalle neue Spinde für die Lehrer gibt.

»In die hat der Kollege Brombach Pin-up-Girls aus dem ‚Playboy' reingehängt, in sein eigenes jedoch ein Foto von seiner Ehefrau, der Heuchler! Ich hab mein Poster gleich mit Torsten getauscht. Er wollte die extrem Vollbusige.«

»Seitdem geht die Tür nicht mehr zu!«, beschwert sich der.

Birgit kann inzwischen auch schon wieder lachen. Sie rafft ihre Tests zusammen und stopft sie resigniert in ihre Schultasche.

»Die Kinder bringen schon von der Grundschule nichts mehr mit!«, klagt sie.

Ich stimme ihr zu. »Die Klassenlehrerin meiner Tochter war nach dem Referendariat zehn Jahre lang Stewardess, ehe sie nun ihre erste Stelle an der Grundschule antrat.«

»Und, ist sie fit?«, will Birgit wissen.

»Nun ja, sie weiß wohl, wie man Passagiere über Notrutschen aus einem Flugzeug bugsiert, aber wie man eine Horde Schüler durch die Klassentür auf ihre Stühle bekommt, das kann sie nicht bewältigen.«

Aber auch die Grundschullehrer haben es heutzutage nicht mehr leicht. Der Umgang mit den Schülern wird auch dort immer schwieriger, was nicht zuletzt an den Eltern liegt. Eine Kollegin, die eine zweite Klasse unterrichtet, erzählte mir Folgendes:

Moritz, der Sohn reicher, aber verkorkster Eltern, der Vater ist Studienrat, die Mutter Hausfrau, fehlt in der Schule und legt am nächsten Tag die Entschuldigung vor:

»Bärchen war krank, konnte nur noch rufen: ‚Mama, aua,

Mama, Durst!' Jetzt ist Bärchens Mama krank, kann nicht mal rufen: ,Zimmer aufräumen!'«

Die Familie ist aus Ostfriesland zugezogen und Moritz sagt von sich selbst: »Ich bin blöd, ich komm aus Ostfriesland!«

Das Kind lebt mit Eltern und Oma in einer Altbauetagenwohnung, Hochparterre, luxuriös, mit Antiquitäten vollgepfropft. Damit die hochwertigen Möbel nicht zu Schaden kommen, darf der Junge nichts berühren, nicht einmal ein Getränk von der Küche zum Esszimmer tragen; er könnte ja etwas verschütten!

Im zweiten Schuljahr kann er noch nicht schreiben, er fetzt jeden Füller, weil er die Feder zu fest aufdrückt, deshalb kritzelt er immer mit Bleistift in sein Heft. Versucht er sein Glück mal wieder mit einem neuen Füller, schreibt ihm die Mutter die Worte dünn mit Bleistift vor.

Am Pfingstdienstag war Schule, kein beweglicher Ferientag, die Eltern nahmen jedoch an, es sei frei, also erschien »Bärchen« nicht zum Unterricht. In der Pause lief eine Kollegin kurz hinüber zur Wohnung der Familie und klingelte, um Bescheid zu sagen, dass Unterricht stattfindet. Am nächsten Tag bringt das Kind eine Entschuldigung mit: »Wir sind nicht nur aus allen Wolken, sondern auch aus allen Federn gefallen!«

Die Lehrerin bespricht mit den Schülern das Thema »Kuscheltiere« und weshalb Kinder und zum Teil auch Erwachsene welche haben. Dann übt sie mit ihnen ein Unsinns-Lied ein, darin geht es um ein Fantasietier, das einen Rüssel hat wie ein Elefant, Beine wie ein Nilpferd, ein Fell wie ein Kätzchen usw. Anderentags ruft »Bärchens« Großmutter in der Schule an: »Ich bin eine Polit-Rockerin, falls Sie wissen, was das ist; ich spende für WWF und ich weiß auch, dass mein Enkel bekloppt ist, aber dass er auch noch verrückte

Tierlieder lernen soll, geht mir zu weit!«

Der erziehungsunfähige Vater schlägt den Jungen oft. Eines Tages kommt Moritz mit völlig zerkratztem Gesicht in die Schule. Die Lehrerin erkundigt sich, was vorgefallen ist, daraufhin erscheint der Vater am nächsten Tag in der Sprechstunde, um den Sachverhalt zu klären: »Mein Sohn hat hintereinander drei Tafeln Schokolade gefressen! Als er nun noch eine vierte verschlingen wollte, haben wir gesagt: ,Nein, Bärchen, jetzt reicht's!' Da wurde er wütend und schrie: ,Dann hol ich mir halt noch eine von meinem eigenen Geld!', rannte in sein Zimmer und knallte die Tür hinter sich zu.«

Es verging einige Zeit. Die Eltern sahen fern; plötzlich klingelte es an ihrer Wohnungstür. Der Vater öffnete und sah seinen Sohn vor sich stehen – nachts um halb zwölf – »mit schokoladenverschmierter Fresse und total zerkratztem Gesicht«.

»Ich hab euch doch gesagt, dass ich mir von meinem Geld Schokolade holen gehe!«

Da war der Kerl von seinem Balkon aus in die Hecke gesprungen, zur nächsten Tankstelle gelaufen und hatte sich dort Schokolade gekauft.

Während der Vater dies nun der Lehrerin erzählte, begann er zu weinen. Er weine immer, wenn er mit ihr über seinen Sohn rede, erklärt sie mir.

»Ob das an meiner Person liegt?«, sinnt sie.

»Wie reagierst du denn, wenn er so heulend vor dir sitzt?«, frage ich. »Das ist doch ausgesprochen unangenehm!«

»Ach, der kriegt sich immer wieder ein!«, meint sie lakonisch.

Im Übrigen habe er diese Geschichte später vor versammelter Mannschaft am Elternabend erzählt und auch dort vor allen Leuten stark geschluchzt. Bis auf seine Frau war das jedem recht peinlich. »Die ist den Kummer wohl schon gewohnt und interessanterweise eine seiner ehemaligen Schülerinnen.«

Ob der Herr Studienrat vor der Klasse auch so herumgejammert hat? Jedenfalls bat er meine Kollegin um Rat, was er mit seiner 5. Klasse tun solle, die gehe ihm über Tische und Bänke! Und angeblich hat er immer noch eine »Neigung« zu seinen Schülerinnen.

»Ich habe niemals einen so nichtssagenden Mann erlebt«, stellt sie fest, »aber er hat immerhin, wie ich erfahren habe, bei mindestens zwei Frauen heftige Reaktionen ausgelöst. Die eine hat seinetwegen ihren langjährigen Partner verlassen, die andere hat ein Jahr in einer psychosomatischen Klinik gelegen.«

»Und dann hat ihn eine seiner Schülerinnen geheiratet, wobei die wohl ein Rad abhaben muss, aber immerhin ganz schnuckelig aussieht. Wie erklärst du dir das?«, frage ich meine Kollegin.

»Keine Ahnung! Vielleicht kann er ja ein Kunststück!«

Kapitel 8

Es klingelt und alle schlurfen schlaffen Schrittes in den Unterricht. Matthias Blatt hat seinen Auftritt im Fach Biologie. Zunächst malt er eine Tanne an die Tafel. Anschließend verunsichert er die Schülerschar mit der waghalsigen Behauptung: »Es gibt Pflanzen, die haben einen männlichen und einen weiblichen Teil.«

Dann gibt er zum Besten, »dass wir uns alle auf den Endkampf mit der Natur vorbereiten müssen.« Wie, verrät er allerdings nicht. Man muss sich ja auch noch etwas für die nächste Stunde aufheben und die Motivation der Schüler aufrechterhalten. So schaut er fasziniert einer Fliege hinterher, die sich in den Klassenraum verirrt hat, und gibt der erhebenden Erkenntnis Ausdruck: »Die sind ja auch sehr flugfreudig. Woher nehmen die die Energie, frage ich mich, woher?«

Zur Raupe vermittelt er das genaue Gegenteil: »Eine Raupe kann im Allgemeinen nicht fliegen.«

Ein Schüler stellt fest: »Es überleben immer die in der Natur, die Vorteile haben, zum Beispiel größere Ohren oder größere Füße.«

»Was hat das mit Raupen zu tun?«, erkundigt sich ein Wissbegieriger.

Die Kinder werden jedoch aufgefordert, nicht abzuschweifen, sondern im Wald zu bleiben, siehe Tafelbild: Tanne!

»Heute suchen wir die Begegnung mit dem Elch!«

Währenddessen suche ich die Begegnung mit meiner 8. Klasse im Fach Deutsch. Ich gebe einen Aufsatz zurück, eine Inhaltsangabe. Sofort beschwert sich Aytac: »Warum rechnen Sie mir die Rechtschreibfehler in meiner Arbeit an? Ich bin doch Türke!«

Ich würdige ihn keiner Antwort und beginne zu lamentieren: »Ihr habt ja zum Teil tolle geistige Leistungen abgesondert! Einige Jugendliche halten anscheinend das Wort ,geil' für einen kompletten Satz! Auch der Gebrauch von Artikeln nimmt immer mehr ab.«

»Was ist ein Artikel?«, entblödet sich Mauritio nicht zu fragen.

»Also so wird das hier nix! Ein gewisses Grundwissen muss bei euch schon da sein, das kann man ja wohl mittlerweile erwarten!«

Alexandra springt mir bei: »Wenn ihr zum Beispiel sagt: ,Ich geh Tengelmann.' oder ,Hast du Füller?', dann fehlt der Artikel.«

Ich nicke bestätigend. Aber der Mehrzahl meiner Schüler leuchtet das nicht ein. So reden sie doch immer! Was soll denn daran auf einmal falsch sein?

»Es gibt einen Zusammenhang zwischen Sprache und Denken. Er ist nicht besonders groß. Manche von euch kennen ihn offenbar noch nicht«, stelle ich sachlich fest. Das kann ich anhand der Aufsätze belegen:

Zu der Kurzgeschichte »Brudermord im Altwasser« von G. Britting schreibt Almir:

»Die Geschichte handelt davon, wie zwei Brüder einen dritten vom Boot ins Wasser stoßen, welcher ungewollt ertrinkt.«

Andy hat den Text »Unverhofftes Wiedersehen« von J. P. Hebel gewählt. Darin geht es um eine junge Frau, die ihren Bräutigam kurz vor der Hochzeit durch ein Bergwerksunglück verliert. Sie bleibt daraufhin ledig und vergisst ihn nie. Schließlich wird nach einem halben Jahrhundert sein unversehrter Körper geborgen, der von Eisenvitriol durchtränkt ist. Die alte Frau erkennt ihren einstigen Verlobten wieder und beerdigt ihn.

Andy formuliert das folgendermaßen: »… Sie versichert nach langer Befassung mit ihrem ehemaligen Anvertrauten, dass es ihr Verlobter sei. Sein Grab wird zu ihr, in ihr Haus gebracht.«

Ein anderer Schüler fasst sich kürzer: »Nachdem sich ihre Verfassung wieder normalisiert hat, kann sie die Leiche eindeutig identifizieren.«

Und ein weiterer stellt fest: »Aus der Geschichte kann man schließen, dass man nie, wenn man heiraten will, vorher in ein Bergwerk gehen soll, sonst kann es einem genauso gehen.«

Hannes will mir im Lehrerzimmer vertraulich erzählen, welcher Fauxpas ihm heute passiert ist. Natürlich spitzen sofort alle Anwesenden ihre Ohren und lauschen. Also redet er gleich in voller Lautstärke weiter.

Er hatte am Morgen vergessen, den Reißverschluss seiner Hose zu schließen, stand dann vor der Klasse, hockte sich auch noch lässig aufs Pult – alles mit offenem Hosenstall. Die Schüler kicherten und tuschelten, ist ja klar!

»Was habt ihr denn? Weshalb lacht ihr denn so?«, wollte Hannes wissen.

Keine Antwort, nur weiteres Gegickel.

»Nun sagt doch schon, was ist denn los?«, insistierte er.

Feixen – keine Erklärung.

»Da dachte ich mir, dass es etwas mit mir zu tun haben muss, also setzte ich mich erst mal hinters Pult und tastete und klopfte mich ab – und wurde fündig! Der offene Reißverschluss war der Anlass der Albernheit.«

»Ja, gehst du denn morgens nie was einkaufen?«, erkundigt sich sein Kollege Kurt. Hannes schüttelt verständnislos den Kopf.

»Ich hole immer die Brötchen beim Bäcker, das ist meine Kontrollinstanz. Wenn die Kleine hinter der Theke rot wird, weiß ich, dass etwas an mir nicht in Ordnung ist. Meistens ist der Hosenschlitz dann offen.«

Alle lachen, nur Hannes zuckt mit den Schultern.

»Es hat auch nicht gezogen. Meistens wird's mir dann vorne so kalt, wenn ich vergessen habe, die Hose zu schließen, aber heute war wohl der Pulli drüber, da hab ich nichts gemerkt.«

Birgit und ich kichern.

»Na, euch Frauen würde es dann doch auch kalt werden!«

»Ja, vielleicht, aber bei uns liegt nicht alles so exponiert«, gebe ich zu bedenken.

»Stimmt«, meint er, »muss man zugeben.«

»Hoffentlich hast du wenigstens einen sexy Slip an!«, frotzele ich.

»Ja, ich glaub schon.«

»Ich kannte mal einen Bergführer«, wirft Frau Stockfisch-Bär ein, »der trug so eine Kniebundhose aus Cord und Hosenträger, der klärte uns übers Bergwandern auf, stand also breitbeinig vor uns – und hatte den Hosenstall geöffnet, aber keine Unterhose an, dem hingen die Teile nur so raus!« Sie untermalt ihre Erzählung mit einer abfälligen Handbewegung. »Ich wusste gar nicht mehr, wo ich hingucken sollte!«

»Na, das ist dir wenigstens nicht passiert«, meine ich zu Hannes. Er bestätigt es und ergänzt, allerdings etwas weniger laut: »Da hängt nie was raus, da steht höchstens manchmal was raus.«

Ich schüttele indigniert den Kopf und will mich von diesem Lotterbuben entfernen, doch er hält mich am Arm fest: »Bleib hier und sieh dir mal an, was meine Klasse im Sozialkundetest verbrochen hat!«

Ich lese: »Im Meisterbetrieb ist der Meister der Chef. Er hat die Gesellen, die Lehrlinge und die Mädchen unter sich, ob sie wollen oder nicht.«

»Entfremdung ist, wenn ein Mensch bei seiner Arbeit keine Selbstbefriedigung erlangen kann.«

»Es gibt dazu psychologische, soziologische und sogar unlogische Analysen.«

Eine Frage lautet: »Nenne eine mögliche Beeinflussung des Gemeinderats!« (Unter anderem durch Massenmedien.) Eine Schülerin schreibt stattdessen: »Der Gemeinderat wird durch Massenmörder beeinflusst.«

Heiko stellt fest: »Schleswig-Holstein ist eine Kolonie Deutschlands.«

Tanja hat die klare Erkenntnis: »Jeder sechste Erwerbslose ist heute ohne Arbeit« und »Die Schwierigkeit war das Problem.«

Es klingelt und ich raffe meine Siebensachen zusammen.

»Ach, Hannes«, fällt mir da plötzlich ein, »du musst noch in meinem Klassenbuch nachtragen!«

Er rennt schon los. »Mach ich in der Halbzeit!«, versichert er.

Diese Sportlehrer!

In der 8. Klasse behandeln wir das Thema »Das Machtstre-ben der Kirche im Mittelalter«. Dazu stelle ich die Wie-derholungsfrage: »Wie war das Verhältnis zwischen Kaiser und Papst im Mittelalter?«

René schreibt: »Es war schlecht, denn der Kaiser war Ka-tholike und der Papst Evangele. Alle die dem Kaiser seine Religion nicht beitraten wurden umgebracht. Der Papst weigerte sich. Deshalb kam es zum Krieg.«

Lars kritisiert: »Die meisten Pfarrer wurden nur so, ohne jeglische Begabung eingestellt.«

Dann geht es um Martin Luther. Wir haben uns Texte und Arbeitsblätter, Dias und Filme zu Gemüte geführt, ich habe mir den Mund fusselig geredet und das ist die Quintessenz!

»Martin Luther ist ein Historischer Deutscher Mann.«

»Martin musste mit fünf Jahren in die Schule und hatte eine krauenvolle Kindheit. Seine Eltern sind mit ihm in die Eiszeit.« (Ich nehme an, Oliver meinte Eisleben, eine Stadt.)

Sina sieht das ebenso: »Luther wurde in Thüringen gebo-ren, in der Eiszeit.«

»Luthers Familie gehörte nicht zu den Armen, Sein Vater besaß ein Bergwerk. Er wollte, dass Martin Anwalt stu-diert, damit er ihn vor Gericht vertrat.«

Ganz anders informiert mich Carola. Sie behauptet schlicht: »Luther war der Sohn eines Farmers. Am Anfang war er ein Bauernjunge, er lebte bei seinen Eltern. Nach einigen Jahren lehnte er sich gegen die Christen auf und verteilte Zettel. Viele Jahre später starb er daran.«

»Martin Luther wurde fast vom Donnerblitz getroffen

und da ging er ins Kloster. Als er zum Kloster ging, bekam er einen zweiten Vater.«

»Luthers Leben hatte sich im Kloster sehr verändert, weil der Pfarrer nett war.«

Unter einem anderen Blickwinkel betrachtet das Verena: »Das Kloster hat Luthers Leben entscheidend verhindert.«

Praktisch ist Sebastian: »Luther hat im Augustinerkloster seinen Mönsch gemacht.«

»Martin Luther ging ins Kloster und wurde später zum Priester geprädigt.«

»Luther war ein Mann, der ehrlich war wie jeder andere. Doch dann hatte er was gegen die katholische Kirche. Großes Problem!«

Die Schüler werden aufgefordert: »Beschreibe kurz das Leben eines Mönches zur damaligen Zeit!«

»Betten, beeten, beten, essen, beten, betten.«

Was ist nicht alles nach dieser Unterrichtseinheit bei den Schülern hängen geblieben! Besonders, was das Problem mit der katholischen Kirche betrifft!

»Martin Luther meißelte die 95 Thesen in Marmortafeln ein und hängte sie an die Schlosskirche. Das löste Protest aus, denn sie waren schwer zu verdauen.«

»Luther hat der katholischen Kirche vorgeworfen, das die Päpste einfach mit ihren Bräuten ausgegangen sind, obwohl sie nicht heiraten dürfen. Er hat ihr auch noch vorgeworfen, das die Päpste volldrunken zum Gottesdienst kamen, bzw. das Wort Gottes beleitigten.«

»Luther setzte am Ablass aus, dass man für seine Schult (z. B. Hühnerstellen) nur Geld oder andere Strafen machen musste. Es gab keine Räue.«

»... dann meinte er, das man das Ablasszettel nicht

kaufen und das Gott es ehrlich will.«

»Nicht jeder hatte ausreichend Geld für den Ablass. Und Luther wollte, dass kein Mensch Drecksarbeit machen musste, z. B. Kirchenfußboden putzen.«

Eine Frage lautete: »Was wurde von Luther vor dem Reichstag verlangt?«

Antwort: »Er sollte nicht rufen. Doch er sagte, dass er wieder rufen würde!«

»Der Kaiser verlangte von ihm, dass er die anderen kreuzigen solle.«

»Martin Luther war ein berühmter Schriftsteller. Vor dem Reichstag sollte er dem Papst aus seinen Büchern vorlesen.«

Weiterhin ging es um Luthers Aufenthalt auf der Wartburg. Weshalb war Luther dort?

»Er wollte weg von zu Hause.«

»Die Kirche hat Luther zum Freien Vogel verurteilt.«

»Weil er erstens die Bibel ins deutsche übersetzen musste und zweitens er musste ja die Ablasszettel fertigstellen.«

»Weil er die Ablasszettel ins Deutsche übersetzen sollte.«

»Luther ging dann zehn Monate auf die Wartburg, wo er mit dem Teufel Bekanntschaft machte.«

»Luther hatte ein Feuer gemacht und die Bibel verbrannt, deshalb wurde er auf der Wartburg eingesperrt und musste sie noch mal abschreiben.« Der Schüler hat Erfahrungen mit Strafarbeiten; er hat offensichtlich Autobiografisches eingearbeitet.

»Martin Luther hat das Evangelium erzeugt.«

»Luther war mit einer Frau verheiratet.« Wer hätte das gedacht!

Etwas präziser formuliert dies Nina: »Luther war Priester

und mit einer Nonne verheiratet.«

»In Wittenberg lebte er 300 Tage und übersetzte die Bibel.«

»Martin Luther soll in Delphi unschuldig hingerichtet sein.«

Abschließend schreibt Felizitas: »Martin Luther war ein Held. Alle waren stolz auf ihn. Luther tat gerne was für die Leute. Er half immer den Leuten und ließ sie nicht im Stich.«

Ich erkundige mich nach der Bedeutung des Wortes »reformieren«.

»Das bedeutet an die Toten denken.«

»Sich heilig machen.«

»Etwas übersetzen.«

Wir reden über die Ökumene und die gemeinsamen Aufgaben beider Kirchen (Altenbetreuung, Kindergärten usw.) und ich will wissen: »Wer hilft dem Pfarrer dabei?«

Lisa weiß es: »Wir. Weil wir Kirchensteuer bezahlen.«

Eine andere stellt fest: »Die Aufgabe des Pfarrers ist die seelische Vorsorge.«

Anabell definiert »Ökumene« noch einmal völlig neu: »Ökumene ist, dass die Kinder die harten Arbeiten machen müssen und die Erwachsenen nichts machen müssen.«

Ich frage: »Woran glauben beide Konfessionen, evangelische und katholische Menschen?«

Ein Schüler antwortet: »An Gott.«

»Und an wen noch?«, hake ich nach und habe Jesus im Sinn.

Verena zeigt auf: »An die Polizei.«

Wir besprechen die Hilfsorganisationen beider Kirchen, »Brot für die Welt« und »Misereor« und was gespendet werden kann, z. B. Saatgut.

»Weshalb sind Konserven nicht so hilfreich?«

»Weil die dort, glaub ich, gar keine Dosenöffner haben«, vermutet Sven.

Kapitel 9

Heute wird endlich das neue Lehrerzimmer eingerichtet. Alle Kollegen, ich eingeschlossen, schleichen wie die Katze um den heißen Brei vor der Tür herum, bereit, jeden Moment platzmäßig zuzuschlagen. Ich soll für Ulla und Hannes mitreservieren. Schließlich frage ich die Handwerker, ob man schon etwas auf den Tischen ablegen könne. Sie haben nichts dagegen, also deponiere ich meine Schultasche auf dem hinteren Tisch. Dann eile ich los, um Birgit Bescheid zu sagen, sie solle ebenfalls einige Sachen hinstellen. Ich komme mir vor wie ein Tourist, der frühmorgens sein Handtuch auf der Poolliege platziert.

»Wieso denn der hintere Tisch?«, jammert sie, statt froh zu sein, dass das überhaupt dank meiner Initiative geklappt hat! Ich habe mich bei diesem »geierhaften« Verhalten nicht gerade wohl gefühlt.

»Weil an dem vorderen noch die Handwerker zugange waren«, erkläre ich ihr.

Nach der 5. Stunde sausen wir wieder ins Lehrerzimmer; dort sind natürlich inzwischen auch die anderen Kolleginnen und Kollegen versammelt. Schnell raffen wir unsere Bücher vom hinteren Tisch und ich belege – ganz nach Birgits Wunsch – den vorderen. Der nun unverhofft frei gewordene wird sofort von Frau Naft, Friederike und

Torsten okkupiert. Frau Stockfisch-Bär klebt vorbereitete Namensschildchen – sieh einmal an! – auf Plätze am großen »Konferenztisch«.

Birgit steht unschlüssig neben mir.

»Nun stell schon deine Sachen hin!«, dränge ich sie. »Was hast du denn?«

Sie guckt immer noch irritiert. »Können wir den Tisch nicht irgendwie drehen?«

»Ja, können wir immer noch machen«, beruhige ich sie, »nun leg endlich deine Klamotten ab!«

Derweil gesellt sich Manon Schmied zu uns, sieht, dass schon alle Plätze vergeben sind und zieht ein enttäuschtes Gesicht. »Ist denn hier wirklich schon alles besetzt?«, mault sie.

Ich nicke etwas zögernd, doch Birgit platzt plötzlich heraus: »Ach, mir ist das eigentlich egal!« Zu diesem Zeitpunkt eine ausgesprochen ungünstige Äußerung und unwahr noch dazu! Flugs hängt Manon ihre Jacke über einen freien Stuhl und erklärt: »Also dann sitze ich ab jetzt hier!«

In diesem Moment scheint Birgit langsam aus ihrer Trance aufzuwachen. »Dann sitze ich hier und dort die Christiane«, murmelt sie. »Aber!« Ein Aufschrei! »Wo soll denn der Kurt hin?« Die Erkenntnis, dass für ihn jetzt kein Platz mehr neben ihr ist, dämmert ihr etwas zu spät. Manons Hintern hat sich dort bereits breitgemacht. Das hat Birgit nun von ihrem Zögern!

»Vielleicht können wir noch einen Tisch dazwischenschieben«, begütige ich, »blockiere wenigstens erst mal die zwei anderen Plätze!«

Was sie dann endlich tut!

»Aber der Kurt!«, jammert sie. »Ich muss doch neben dem Kurt sitzen, da muss uns was einfallen, sonst werde ich krank und ihr müsst mich dauervertreten! Der ist doch wie mein großer Bruder!«

Ich beginne mich wirklich über sie zu ärgern! Sie hat ja nun wahrhaftig die Gelegenheit gehabt, die Plätze zu reservieren! Und dann verpatzt sie alles! Jetzt muss sie sich entscheiden, wem sie den Sitz an ihrer Seite zuteilt, Christiane oder Kurt.

Es gibt natürlich Zoff bezüglich der Sitzordnung. Am Montagmorgen schieben Birgit und Anne Haas die Sitzgruppen völlig auseinander, so dass nun Plätze für alle »Erwünschten« da sind, der große Tisch jedoch nicht mehr besteht. Herr Faulhammer, einer der Konrektoren, kommt in das Lehrerzimmer, bleibt starr vor Schreck stehen, brabbelt: »Das geht so nicht!«, und flitzt hinaus, um Hilfe zu holen.

Die trifft dann sofort in Form von Herrn Hopperdietzel, seinem Kompagnon, ein. »Wer hat das gemacht?«, raunzt er. Und: »Stellen Sie das augenblicklich wieder zurück! Dies entspricht nicht den Plänen des Architekten!«

Daraufhin platzt Birgit, die die Lösung ihres Problems wieder dahinschwinden sieht, der Kragen. Es brechen erhitzte Debatten aus, inwieweit die Sitzordnung nach verabschiedetem und gebilligtem Entwurf des Architekten von uns Lehrern aufgehoben werden darf. Besonders unser »Extra-Tisch« steht natürlich unter Beschuss. Zunächst einmal wird jedoch die »alte Ordnung« wiederhergestellt.

Friederike flieht unter dem Gruppendruck weg von uns und hinein in die große Runde. Torstens Sachen nimmt sie selbstverständlich auch mit. Sie deutet ihm mit einem kurzen Rucken ihres Kopfes an, dass er ihr zu folgen habe. Dies scheint ihm zwar zu missfallen, aber er hat keine wirkliche Wahl!

Eine Kollegin schiebt unauffällig ihren Tisch zu uns herüber, doch das Überlaufen zum Feind wird von den beiden Konrektoren gesichtet und beide stoppen sie, indem sie unisono verkünden: »Da müssen wir erst die Frau Hartmann fragen!« Auf dem Krankenlager hingestreckt soll sie also nun die Entscheidung fällen, wer mit wem und überhaupt! Es ist wie im Kindergarten!

»Dann sagen Sie ihr, dass wir nicht ihren Schreibtisch hier integrieren, sondern nur selbst entscheiden wollen, wo und wie wir Lehrer sitzen möchten!«, kontert Frau Hübner.

»Prima!«, klatsche ich und Herr Hopperdietzel verlässt, gefolgt von Herrn Faulhammer, den Raum. Tja, kann uns die Rektorin vorschreiben, wo wir unsere Plätze haben sollen? Lächerlich! Die Wogen gehen wieder hoch und die Stimmung im neuen Lehrerzimmer wird immer schlechter. Warum sachlich bleiben, wenn's auch persönlich geht?

Ich flüchte in meine 5. Klasse, ins Reich der Märchen. Wir lesen »Hans im Glück«. Basti stellt fest: »Die Kuh war mit Milch voll getankt!«

Die Schüler sammeln weitere ihnen bekannte Märchen. »Rotkäppchen« wird genannt.

»Was hatte Rotkäppchen in ihrem Korb, den sie zur Großmutter bringen sollte?«

Maria meldet sich: »Ein Stück Kuchen und eine Flasche Wein.«

»Stimmt«, sage ich.

»Nein«, schreit Felix, »stimmt nicht! Das war kein Wein, sondern Likör, Eckes-Edelkirsch! Und den hat sie auch nicht abgegeben, sondern selbst ausgetrunken, wahrscheinlich zusammen mit dem Wolf.«

»Wie bitte? Wo hast du das denn her?«, erkundige ich mich verblüfft ob solcher Detailkenntnisse.

»Aus der Zeitung, die mein Papa gestern gelesen hat. Da stand in ganz großen Buchstaben: ‚Rotkäppchen schluckt Eckes!'«

Ich erkläre den Schülern, dass der Sekthersteller »Rotkäppchen« die Firma »Eckes« übernommen hat. Die Kinder runzeln ihre Stirnen. Keiner glaubt mir so recht. Felix' Version klang irgendwie spannender.

Verena kennt sich mit »Schneewittchen« aus. Sie zitiert: »Ihr seid die Königin hier und Schneewittchen über den Bergen bei den sieben Zwergen ist auch nicht schöner als Ihr!«

Später schreiben die Schüler selbst ein Märchen mit viel Fantasie und folgenden Formulierungen:

»Eines Tages sagte die Prinzessin zu ihrem Vater: ‚Vater, ich halte es nicht mehr aus als Jungfer!'«

»Sie verkündeten dem König, dass sie heiraten wollten. Der König war auch einverstanden, weil er nicht so ein Luschi wie die anderen Prinzen war.«

»Klaus sagte: ‚Ich möchte dich zu meiner Frau haben.' Sindy überlegte und antwortete: ‚Sehr gerne, aber ich müsste erst meine Eltern fragen. Aber wer bist du überhaupt und woher kommst du?'«

»Die Zwergenfamilie wanderte frohstolz nach Hause zu ihrer Hütte. Als der Zwergenvater sein Abendbrot fertigmachen wollte, schnallte er mit den Fingern vor Freude.«

»In allen Märchen müssen sich die Helden bis zu ihrem Lohn durchschlagen.«

»Die Hexe musste zur Strafe heiraten.« Wen, hat mir Melanie nicht verraten. Die Eheschließung an sich scheint ihr schon Strafe genug zu sein.

Ein wirklich schönes Märchen erzählt Alexandra: »In einem Wald lag ein schöner See mit Seerosen. Auch viele Frösche gab es dort. Einer der Frösche liebte die prächtige, große Seerose mitten im Teich und besuchte sie oft. Diese aber liebte eine funkelnde, glänzende Libelle, die sich hin und wieder auf ihr niederließ und mit ihr plauderte. Der Frosch war eifersüchtig und fraß die Libelle. Er erzählte der Seerose natürlich nichts davon.

Die wurde nun täglich trauriger, weil die Libelle nicht mehr kam, und schilderte dem Frosch ihre Gefühle. Der bekam ein schlechtes Gewissen und fühlte sich immer jämmerlicher wegen seiner Tat. Als er sich schließlich vornahm, der Seerose alles zu beichten, und am nächsten Tag zur ihr schwamm, war sie verblüht.«

Zu Hause, wir sitzen gemütlich beim Essen, berichte ich meiner Tochter von dieser Unterrichtseinheit und sie erklärt mir, dass sie Märchen nicht mag, weil die so unrealistisch sind. Trotzdem frage ich sie, welches denn ihr Lieblingsmärchen sei. Sie überlegt und sagt dann: »Tischlein, deck dich!«

Ich lache: »Das ist ja auch kein Märchen, das findet hier täglich für dich statt!«

In der 9. Klasse nehmen wir Fremdreligionen durch, unter anderem den Hinduismus. Wir besprechen das Kastensystem in Indien. Ein Schüler wird aufgefordert zu wiederholen.

»Das war doch so was mit Menschen in Schachteln oder so …?«, grübelt er.

Auch die Verehrung der Kuh fasziniert die Schüler. Es gibt

sogar Pflegeheime für diese Tiere. Marco stellt daraufhin fest: »In Indien lebt die Kuh bis zu ihrem Lebensende.«

Ansonsten regen sie sich über das soziale Elend und die missliche Stellung der Frau in Indien auf. In der nächsten Stunde hängen sie ein Plakat in die Klasse, das Heiko irgendwo entdeckt hat.

«You and I have been born in an unjust system. Are we prepared to grow old in it?" (Du und ich sind in ein ungerechtes System hineingeboren worden. Sind wir bereit, in ihm alt zu werden?)

Am nächsten Morgen müssen wir Lehrer uns wieder mit unserem »System« auseinandersetzen. Birgit ist heute eine der Ersten in der Schule und starrt dumpf vor sich hin.

»Und die Mutter guckte stumm auf dem ganzen Tisch herum«, zitiere ich den »Struwwelpeter«, aber sie zuckt mit keiner Wimper. Karl Hirnbein meldet sich von einem Nebentischchen aus: »Darf ich mich zu euch gesellen?«

So schieben wir schon wieder eigenmächtig (!) unsere Möbel herum! Frau Petzold kneift ihre ohnehin schmalen Lippen zur völligen Unkenntlichkeit miesepetrig zusammen, enthält sich aber noch eines Kommentars. Gut, dass unser Schlappmaul Susi Stein diese Woche fehlt!

Frau Jurst und Friederike entern das Lehrerzimmer, überschauen geistesgegenwärtig sofort die Lage – kleiner Tisch in Bewegung – und machen einen Riesenaufstand beim Personalrat und bei den Konrektoren, so dass jetzt in unserer nächsten Gesamtkonferenz der Punkt »Sitzplatzverteilung der Lehrer« auf dem Programm steht. Das kann ja heiter werden! Ich glaube, ich bringe mir demnächst einen Campingtisch samt Klappstuhl mit!

Als ich zu besagter Konferenz erscheine, begrüßt mich Hannes: »Ah, da kommt mein anderer Schenkel!«

Ich blicke ihn leicht irritiert an. »Was sagst du da?«

Ulla klärt mich auf: »Hannes meint, er sitze im Lehrerzimmer zwischen den schönsten Schenkeln des Kollegiums, deinen und meinen.«

»Recht hat er«, bestätige ich, »da fühlt er sich sicher sehr wohl!«

Was Hannes durch heftiges Nicken bekräftigt.

Dann wird die Konferenz eröffnet und wir bekommen so wichtige Dinge mitgeteilt wie: »Ab sofort wird die Damentoilette in die zu putzenden Räume eingeschlossen.« Ich kippe fast vom Stuhl beim Vernehmen dieser Neuerung. »Und was war vorher?«, erkundige ich mich fassungslos, ernte aber nur ein Schulterzucken der Chefin.

Als ein Info-Blatt ausgeteilt wird, setze ich meine Lesebrille auf und bemerke zu Hannes: »Sonst bin ich blind wie ein Maulwurf.«

»Na, du hast aber doch einen ausgeprägten Greif- und Tastsinn«, meint mein Nachbar.

»Und wenn du dann noch die Lesebrille auf der Nase hast, kannst du sagen: ‚Ich hab's kommen sehen!'«, wirft Birgit ein.

Es geht um den computergefertigten Stundenplan. Man müsse da anschließend nachbessern und noch nachträglich Hand anlegen, klärt uns der Konrektor auf.

»Ich muss auch manchmal noch nachträglich Hand anlegen«, mokiert sich Hannes.

»Ach ja?«, frage ich. »Und anschließend rufst du dann: ‚Ich hab's kommen sehen!'«

Wir werden zur Ruhe gemahnt, denn nun folgt der herausragende Tagesordnungspunkt: Sitzordnung im

Lehrerzimmer! Die Konferenz beschließt, einen Schulausschuss zu wählen, der sich um interne Dinge, wie zum Beispiel »Bestuhlung des Lehrerzimmers« zu kümmern hat. Sämtliche Herren lehnen es unisono ab, sich wählen zu lassen. Hannes beschwert sich bei mir: »Ich sehe es nicht ein, weshalb immer ich der Blöde sein soll! Die gucken mich schon wieder so an!« Gemeint sind Torsten und Kurt. Schließlich finden sich einige aus der Damenriege bereit dazu, dieses verantwortungsvolle Amt zu bekleiden.

Die Gestaltung des Lehrerzimmers wird kurz andiskutiert und Hannes fragt mich: »Warum äußerst du dich nicht dazu?«

»Wenn ich nichts dazu sage, kannst du gelassen annehmen, dass es mich nicht interessiert!«, gebe ich zurück.

Kurt macht einen dümmlichen Vorschlag bezüglich der Lehrerpost. Er gibt etwas wie »mobiler Briefkasten« zum Besten, was Hannes veranlasst lauthals zu lästern: »Genialer Vorschlag! Und so was sitzt nicht im Schulausschuss!«

Trotz der Experten-Riege herrscht immer noch ziemlicher Zoff wegen der Sitzplätze. Es ist wie bei Kleinkindern im Sandkasten, die sich um Förmchen und Klötzchen streiten und sich mit dem Schäufelchen eins über die Rübe ziehen.

Frau Petzold ist besonders stinkig, weil niemand freiwillig neben ihr sitzen will, und kehrt dem gesamten Lehrerzimmer ostentativ den Rücken – oder ihren dicken Hintern – zu, wie Hannes anmerkt. Er folgt mir sogar in die Pausenaufsicht, weil er sich diesem »optischen Desaster« entziehen will.

Jetzt ist bezüglich der Sitzordnung sogar noch eine Personalversammlung einberufen worden. Morgen fällt deshalb Religion in der 6. Stunde aus, wie auf dem Vertretungsplan zu lesen ist. Das nimmt Justine zur Kenntnis, die mich im Flur stellt: »Warum fällt denn morgen Reli aus? Haben Sie heute schon beschlossen, morgen krank zu sein?«

Birgit und ich futtern Pralinen, die Christiane Kurz mitgebracht hat. Hannes will auch mal naschen und so halte ich ihm die Süßigkeiten graziös unter die Nase. Er nimmt sich gleich zwei Stück.

»Soll ich dich weiter verführen?«, frage ich ihn und bewege die Schachtel vor seinen Augen hin und her.

»Jetzt nicht! Im Moment geht's nicht, ich hab gleich Turnen.«

Birgit bietet Kurt, der nun doch glücklicherweise neben ihr sitzen darf, ebenfalls Pralinen an.

»Jetzt verführt sie ihn auch«, stelle ich fest.

»Besser nicht«, stichelt Hannes, »der hat schon 'ne Wampe!«

Nett! Aber der so Eingeschätzte hat wirklich in den letzten Wochen erkennbar zugenommen. Als er neulich neben mir am Tisch lehnte, streichelte ich über die deutliche Rundung.

»Lass meinen Bauch zufrieden!«, knurrte er gutmütig.

Birgit kam hinzu, sah, was ich tat und fragte: »Ah! Neuer Pullover?«

»Nein, neuer Bauch!«, erklärte ich.

Ich darf mal wieder Vertretung schieben in einer 5. Klasse, einer richtigen Rabaukenriege! Die Klassenlehrerin fehlt schon seit geraumer Zeit und entsprechend gestaltet sich der Stundenplan: dauernd Vertretungsunterricht! Die Schüler sind genervt und schwierig in den Griff zu bekommen. Als ich den Klassenraum betrete, werde ich augenblicklich mit der Frage bombardiert: »Müssen wir heute wieder machen, was wir wollen?«

Ich spiele mit ihnen »Rate-Fix«, was ihnen Spaß macht und außerdem das Denkvermögen schult. Der Name eines Filmschauspielers soll gefunden werden. Dabei ist der Anfangsbuchstabe vorgegeben. Ein Schüler nennt ihn, ein anderer ruft rein: »Aber der ist doch längst gestorben!«

Woraufhin ich schnell einwerfe: »Macht nichts, wenn er tot ist, Hauptsache, er lebt noch!«

So haben wir eine Weile unser lehrreiches Vergnügen.

Dann fragt mich Teresa plötzlich: »Haben Sie schon den neuen Haarschnitt von der Frau Stockfisch-Bär gesehen? Die sieht aus wie ein Pustekuchen ohne Puste!«

»Wie bitte?«

»Erst sah es schon nach nichts aus, aber jetzt nach gar nichts!«, klärt sie mich auf.

»Gleich haben wir Musik«, warnt Claudia ihre Kampfgenossen, »da schreiben wir einen Test.«

»Dürfen wir noch mal kurz in unsre Hefte schauen?«, werde ich gebeten und gnädig gestatte ich es. Da habe ich auch eine kleine Ruhepause. Zumindest denke ich das! Aber schon kommt die erste Frage: »Frau Marx, wissen Sie, wie ein Trompetenton entsteht?«

»Keine Ahnung!«, muss ich passen.

Doch Damian kann helfen: »Man muss die Lippen zusammenpressen und ein Furzgeräusch machen.«

»Wozu braucht man eigentlich die Wasserklappe bei der Trompete?«, will Tobias wissen.

Verschiedene Schüler antworten: »Um die Spucke, die man reinbläst, zu stoppen.«

»Beim Blasen dringt Speichel in die Trompete ein, der

115

sich in den Rohren festhält. Wenn man dann die Wasserklappe öffnet, fällt die Spucke raus und das verhindert, dass sich Schimmel in den Rohren bildet. Die Wasserklappe ist also ein Rohrreiniger.«

»Wenn man in die Trompete pustet, wird die heiße Luft zu Wasser und glockert raus.«

»Und was ist Schall?«, schreit Sascha.

»Schall ist Luft, die wellig ist«, meint Fabian. Doch Conny weiß es besser: »Schall ist ein lauter und heller Ton, der durch verschiedene Schallmauern geführt wird.«

Schließlich geht es noch um die Funktion der Pedale am Klavier.

»Mit den Pedalen wird mit den Füßen als dritter und vierter Arm gespielt.«

Na, Birgit kann sich freuen! Das wird ja ein interessantes Testergebnis werden!

Die Schüler schmökern weiter in ihren Heften, während ich im Klassenbuch blättere und mal wieder die Einträge studiere. Das entpuppt sich als Fundgrube für dokumentiertes Fehlverhalten: »Mirko beteiligt sich mit ‚Schubsen' an der Prügelei zwischen Raphael und Christian. Zur Rede gestellt meint er entrüstet: ‚Ich habe mich noch zurückgehalten!'«

»Mirko versucht, einem Schüler die Hose herunterzuziehen.«

»Mirko faltet während der Stunde Papier zur Rolle und tut so, als ob er an einer Hasch-Zigarette zieht.«

Dieser Schüler scheint ja ein ganz schönes Früchtchen zu sein! Ich beäuge ihn unauffällig.

»Warum starren Sie mich so an?«, raunzt er. »Ich habe doch gar nichts gemacht!«

Stimmt, er tut wirklich nichts, oder doch, er bekritzelt

seine Schulbank. Also fordere ich ihn auf, das zu unterlassen. Er macht es widerwillig und sieht sich nach einem anderen Betätigungsfeld um.

Ich lese weiter: »Justus verweigert die Mitarbeit, weil seine Füllerpatrone leer ist. Deshalb musste der Füller auseinandergenommen werden, wobei das nur geht, indem man ihn laut auf den Tisch knallt. Die Tätigkeit nahm 35 Minuten in Anspruch!«

»Sabrina schickt unbefugt Mitschüler nach Hause, die zum ersten Mal an der Chorprobe teilnehmen wollen. Sie behauptet, es sei kein Platz mehr frei.«

An diesen Vorfall erinnere ich mich noch. Birgit kam nach der 6. Stunde völlig verzweifelt ins Lehrerzimmer, weil sich kein Kind zur Chorprobe eingefunden hatte. Die Fünftklässler sollten vorsingen, damit sie entscheiden kann, wer sich eignet und wer nicht. Dass nun überhaupt keiner Interesse zeigte, war ihr noch nie passiert, im Gegenteil, sie musste jedes Jahr Schüler ablehnen. Und nun das!

Am nächsten Tag stellte sich heraus, was abgelaufen war. Besagte Sabrina hatte alle Singwilligen vor dem Musiksaal abgefangen und ihnen verkündet, der Chor sei bereits voll. Dann hatte sie sie großzügig nach Hause entlassen. Das ließen diese sich natürlich nicht zweimal sagen, denn eigentlich lautete die Anweisung, nach dem Vorsingen wieder im jeweiligen Unterricht zu erscheinen, denn die 6. Stunde fand regulär statt. Die Knaben und Mägdelein waren nur kurzzeitig beurlaubt worden. Währenddessen hockte die Lehrerin erwartungsfroh im Musiksaal und harrte ihrer Schäfchen, die nicht erschienen.

Mit Birgit hat sich offensichtlich auch der berüchtigte Mirko angelegt, denn ich lese: »Mirko erzählt einer Mitschülerin, dass Frau Hofmann mit dem Schüler Recep einen Zungenkuss gemacht hätte. Als Antwort auf diesen Eintrag drohte er, dass seine Mutter die Lehrerin umbringen würde.«

Ich schrecke regelrecht auf, als die kleine Nina schüchtern anfragt, ob sie zum Abschluss noch ein Lied singen dürften, es schelle ja gleich. Ich nicke ergeben und die Klasse plärrt los: »Bunt sind schon die Wälder«. Sie singen unter anderem:

»Flinke Träger rackern,
Mädchen müssen ackern.« Und:
»Wie die volle Traube
hängt im grünen Laube
und die bunten Pfirsich
schwarz und weiß gestreift.«

Ich habe den Text irgendwie anders in Erinnerung! Doch ehe ich meiner Verwunderung Ausdruck verleihen kann, stimmen sie schon die nächste »Arie« an:

»Wir lagen vor Madagaskar und hatten die Pest an Bord …

der lange Heim war das Letzte,
der zoff von dem faulen Ast.«

»Stopp, stopp, stopp!« Ich fuchtele mit den Armen in der Luft herum, um den Interpreten Einhalt zu gebieten. »So lautet die Strophe nicht!«

Sven stimmt mir eifrig zu und deklamiert:

»Der Hain soff als Erster vom faulen Nass,
er ging über Bord.

Wir gaben ihm einen Matrosenabgang.«

Es schellt und ich bin kurzfristig erlöst.

Kapitel 10

Unsere Kollegin Susi Stein fehlte eine Woche in der Schule und als sie wieder erscheint, klebt ein riesiges Pflaster auf ihrer Stirn. Selbstverständlich will jeder wissen, was geschehen ist, und sie berichtet: »Ich wollte zu Hause ein Ikea-Regal aufstellen und es ist mir auf den Kopf gefallen.« Ergebnis: eine Gehirnerschütterung und eine Platzwunde.

»Tja, die Aufbauanleitungen von Ikea-Möbeln sind die reinsten Thriller!«, meint Kurt.

Als ich mich zu meinem Platz begebe, sehe ich, dass Birgit mein Schnuckeldöschen fest umkrallt hat und es gegen den unbefugten Zugriff von Herrn Bell verteidigt.

»Haben Sie die ausdrückliche Erlaubnis von Frau Marx, hier einfach dranzugehen?«, fährt sie ihn an und das muss er wahrheitsgemäß verneinen.

Außer ihr hat nur noch Hannes unbegrenzte Nascherlaubnis. Frau Stockfisch-Bär, die hinter ihm steht und auf Teile der Beute hoffte, zieht ein enttäuschtes Gesicht. Sie frisst sich immer auf Kosten anderer durch, bringt selbst jedoch nie etwas mit.

Ich lasse mich lächelnd nieder, ohne eine Silbe zu dem Vorfall zu äußern, und stelle nur ungerührt mein Döschen wieder an Ort und Stelle. Dann biete ich meiner kämpferischen Kollegin ein Stückchen Nougat an, was sie demonstrativ dankend entgegennimmt.

Vor dem Waschbecken steht Herr Mommsen und überprüft seine Frisur im Spiegel. Tiefernst zieht er mit einem magerzinkigen Kamm seinen Scheitel und betrachtet mit leisem Erschrecken die Haare, die sich in ihm verfangen haben und ihm offensichtlich gerade ausgegangen sind. So hat jeder Verluste im Leben zu beklagen.

Mr. Mommsen will heute besonders als »Womanizer« glänzen, denn es ist Weltfrauentag und er verschenkt Rosen an alle Kolleginnen. Eigentlich eine nette Idee, nur leider will er von jeder einen Kuss dafür haben. Birgit wehrt die Blume von vornherein ab: »Nein danke, rote Rosen lasse ich mir nur von meinem Mann schenken.«

Ich nehme das Geschenk dankend an, wende mich dann allerdings von ihm ab und studiere angelegentlich den Vertretungsplan. Er lauert in meinem Rücken. Als ich keinerlei Anstalten mache, mich wieder zu ihm umzudrehen, fordert er den vermeintlichen Lohn ein: »Wie wär's mit einem Küsschen?«

Ich tue so, als hätte ich nichts gehört, aber er wiederholt seine Frage ausgesprochen impertinent. Birgit zieht die Augenbrauen hoch und grinst süffisant. »Das hast du jetzt davon!«, ist ihre unmissverständliche Botschaft. Ich kläre meinen zudringlichen Kollegen auf: »Ach, wissen Sie, ich hab's nicht so mit dem Küssen.«

Daraufhin trollt er sich schmollend. Seine Stimmung bessert sich auch kaum, als er einige Minuten später Zeuge wird, wie Hannes hereinschneit, mich umarmt und mir einen Schmatzer zum Weltfrauentag verpasst, den ich kichernd wie ein kleines Mädchen entgegennehme. Dann packe ich meine Siebensachen und verabschiede mich singend: »Schöner, fremder Mann … ich gehe jetzt.«

»Mit wem sprichst du?«, erkundigt sich Hannes.

»Mit dir nicht«, summe ich, »du bist mir weder fremd, noch bist du schön.«

Er lacht. »Stimmt!«

Beim Aufstehen falle ich fast über die Griffe seiner Tasche, die er neben mir deponiert hat.

»Du willst mich wohl zum Straucheln bringen?«, beschwere ich mich.

»Das schaff ich doch eh nicht!«, bedauert er.

Am nächsten Tag erfahren wir, dass Frau Schmied schwanger ist. Sie hat schon eine große Tochter und erwartet nun einen kleinen Nachzügler.

»Sie befindet sich im Zustand des ehelichen Interesses«, erkläre ich Birgit, die mich fassungslos anstarrt. »So nannte man das früher!«, rechtfertige ich mich.

Da sie sich sehnlichst ein Baby wünscht, legt sie der schwangeren Kollegin die Hände auf den Bauch und sagt hoffnungsvoll: »Vielleicht springt das Virus ja über!«

Kurt, der dazukommt, klärt sie auf: »Birgit, das geht anders!«

»Ein ehemaliger Kollege ist mit 78 Jahren noch Vater geworden«, gibt Friederike zum Besten.

»Bei Männern ist das auch was anderes«, ereifert sich Birgit, »das ist ein biologischer Fehler!«

»Kinder können auch ganz schön nerven!«, seufzt Kurt. »Ich habe gerade totalen Stress mit meinem 18-jährigen Sohn und er mit mir. Der hat mir doch glatt erklärt, er könne sich über nichts in seinem Leben beschweren, ,nur bei meinem Vater, da hab ich die Arschkarte gezogen!'«

Birgit bleibt die Spucke weg. »Das sagt er zu einem tollen Mann wie dir? Du bist der Traum meiner schlaflosen Nächte, das Sternchen in meiner Nudelsuppe!«, schwärmt sie.

»Na, glücklicherweise schläfst du gut!«, bemerke ich und Kurt lacht.

»Außerdem sind Frauen nach der Geburt nur mit ihrem Nachwuchs beschäftigt«, teilt er uns weiterhin mit, »da bekommst du als Mann ein absolutes Sex-Defizit, weil deine Göttergattin ganz mit dem Baby ausgefüllt ist. Ich hätte mich damals in einem Schwesternwohnheim einschließen lassen können, um mich dort auszutoben – alle 17 Stockwerke durch!«, erinnert er sich.

»So eine Geburt ist ja auch kein Zuckerschlecken!«, verteidigt Rosi die weibliche Position, »wenn Männer Kinder kriegen müssten, gäb's nur noch Pantoffeltierchen!«

Diesen interessanten Gesichtspunkt können wir nicht weiter vertiefen, weil es klingelt und die Pflicht uns ruft.

Ich betrete mit einem Stapel Arbeitsheften unter dem Arm den Raum der Klasse 6a.

»Bekommen wir die Aufsätze zurück?«, plärrt Attila, ein Schüler, der mich täglich mehr nervt.

»Nein!«, pfeife ich ihn an. »Ich hab sie nur dabei, damit ihr mal dran riechen könnt!«

Er glotzt mich verständnislos an – wie meistens –, während die anderen giggeln.

Es ging um die Textart »Beschreibung« und die Schüler sollten eine solche anfertigen. Sie hatten die Wahl zwischen einer Gegenstands- und einer Vorgangsbeschreibung. Dabei ging es um Genauigkeit. Diese Niederschriften wurden mir präsentiert:

»Ich koche Kakao«

»… aber das Wichtigste fehlt noch, Milch aus dem Kühlschrank. Milch ist eine weiße Flüssigkeit, die von einem Tier genannt Kuh hergestellt wird. Ich schneide mit der

Schere den Zipfel am Milchpäckchen ab. Dann halte ich die Milch so, dass die Flüssigkeit ungestört in den Messbecher laufen kann. Wenn das erledigt ist, hole ich ein Topf aus dem Schrank, das ist ein Gefäß. Nun fülle ich die Milch in den Topf. Dann stelle ich den Topf auf den Herd, ein Herd ist ein elektrischer Ofen, auf dem man Essen kochen kann ... Wenn die Milch fertig ist, gieße ich sie in eine Tasse um. Eine Tasse ist ein Gefäß mit einem Henkel wo mann draus trinken kann.«

Zum selben Thema schreibt eine andere Schülerin: »Ich gieße die Milch in einen kleinen Topf. Ein Topf ist etwas rundes. Es hat zwei Griffe an den Seiten. Den Topf nehme ich und stelle ihn auf den Herd. Ein Herd ist etwas viereckiges und groß und schwer ... Für jeden Herdplatten gibt es einen Knopfen ...Wenn die Milch dann warm ist, mache ich den Knopf zu.

Ich schütte die Milch in das Glas. Ein Glas ist sehr leicht zerbrechlich, wenn es hinfällt. Dann hole ich den Löffel und hole zwei Esslöffel Kakao. Ein Kakao ist wie ein Pulver und ist braun.«

»Ich stelle den kleinen Topf auf eine Platte die rund ist und an einem großen kastenförmigen Gebilde (Herd) ist.«

Langsam dämmerte es mir, dass ich es mit dem Üben der Genauigkeit bei einer Beschreibung vielleicht etwas übertrieben habe.

Immer noch zu diesem Thema äußerten sich weitere Schüler:

»Wenn der Kakao in der Milch versunken ist, rühre ich die Milch an um. Dann stelle ich den Herd auf 12° C und gehe weg.«

»Wenn die Milch dampft, fühlt man mit dem Finger ob diese heiß genug ist.«

»Die Milch bleibt so lange auf dem Herd stehen, bis sie die beliebte Temperatur hat.«

»… dann rühre ich die Milch um und siehe da sie wird zum braunen Getränk der Kakao.«

Jemand anders hat eine Wegbeschreibung gewählt:

»Mann geht an die Schule, dann den Hohenfels hinauf bis zum Bienenhaus dann den feilen nach. Dann links ab. Jetzt noch die Kurve der Wald beugt sich hinab, jedoch noch drei Stufen, dann ist mann schlapp. Die Höhle sieht aus wie ein großes Fass. Ich war noch nicht drin.«

Sabine will mir ihre Heimat nahebringen; sie kommt aus der ehemaligen DDR, aus Rudolstadt: »Das aufregendste dort ist die Tankstelle.« Da möchte man doch gleich hinfahren!

Volker hat eine Gegenstandsbeschreibung gewählt: »Meine Jacke ist weg!«

»Meine Jacke ist mattgrün und ist mit Bundeswehrabzeichen versehen. Innen ist sie mit weichem Fell gefüttert und in den Armen nicht. Die Jacke besitzt viele Knöpfe und ist sehr groß. Sie hat die Größe 158 und ist mir noch ein bisschen fällig. Als Kopfbedeckung ist eine Kapuze dran. Vorne am Bauch ist eine Schnur zum zubinden. Neben an den Seiten und oben an der Brust befinden sich große Hosentaschen mit Druckknöpfen.«

»Das Hemd muss an einen Knopf genäht werden«, befindet ein anderer Schüler.

Im Lehrerzimmer berichtet Rosi von ihrem Urlaub. Sie stand am Flughafen, Gepäckkontrolle war angesagt und der Koffer vor ihrem wurde geöffnet. Ein Klapp-Penis kam zum Vorschein!

»Ein Riesending, wer will denn so was benutzen?«, staunte sie.

Frau Stockfisch-Bär schaltet sich ins Gespräch ein: »Ich habe während meines Studiums mal in der Geburtshilfeabteilung einer Klinik gejobbt. Da lieferten die einen Mann ein, dem sie in der Notaufnahme nicht helfen konnten, und rollten ihn herüber zu uns. Der hatte sich einen Stopfpilz in den After eingeführt und bekam ihn nicht mehr heraus.«

»Was die Leute sich alles irgendwo reinstecken und dann nicht mehr rausbekommen!«, ergänzt Karl Hirnbein, der als ASB-Fahrer tätig war.

»Kinder gehen ja noch, die stecken sich Erbsen in Nase und Ohren, aber die Erwachsenen! Eine Frau hat mal Verhütungszäpfchen geschluckt, Mann, war der schlecht!«

Kurt hüpft plötzlich herum wie ein Känguru.

»Was ist denn mit dir los?«

»Die Spirale ist zu lang!«

»Dann musst du dir halt zur Verhütung einen Korken nehmen und reinstopfen«, schlägt Hannes vor.

»Nee, ne Heftklammer! Das neue Piercing!«, lacht Karl.

Der Konrektor unterbricht diese fröhliche Runde und kündigt für morgen eine Feueralarmübung an.

»Zu der Zeit findet eine SV-Sitzung statt«, gibt Rosi zu bedenken.

»Weißt du, was mit denen bei Feueralarm passiert? Welchen Fluchtweg gehen die?«, frage ich Kurt.

Er zuckt mit den Achseln. »Keine Ahnung! Dann verbrennt halt unsere Elite.«

Diese despektierliche Bemerkung kann Karl nicht im Raum stehen lassen. »Du bestehst auch nur aus Muskeln und Samensträngen!«, tadelt er seinen Kollegen, den Sport- und Biologielehrer.

In der 8. Klasse, in der ich jetzt Polytechnik habe, sitzt Nicole und putzt sich ihre Nase in einen Slip.

»Was hast du denn da?«, frage ich sie entgeistert.

»Das ist meine Unterhose. Die habe ich vorhin ausgezogen, weil mir so heiß war.«

Mir wird auch heiß: Sie trägt einen beängstigend kurzen Rock! Ich schicke sie raus, damit sie sich wieder vollständig bekleidet.

Die Schüler nehmen ihre Handarbeitssachen und beginnen gemütlich zu plaudern. In diese Idylle rauscht die zurückgekehrte Nicole und erklärt: »Jetzt stricke ich dem Herrn Brombach eine Unterhose.« Leibwäsche scheint es ihr irgendwie angetan zu haben.

Ich ignoriere diese Bemerkung und vertiefe mich in einen Test, den die Schüler im Fach Hauswerken, also Kochen, geschrieben haben und den ich korrigieren muss. Martin stellt darin fest: »Man sollte Speisereste nicht in der Sonne am Fenster stehen lassen, weil es schlecht werden kann und Ungeziefer sich daran vergreifen könnte.«

Zur Sicherheit im Haushalt gefragt, äußert sich Maria: »Man sollte am Fenster Sicherheitsschlösser einbauen lassen, zum Schutz vor kleinen Kindern.« Vielleicht will sie verhindern, dass der Klapperstorch eindringt?

Weiterhin sollten die Schüler ein Bild kommentieren, auf dem man eine Person sieht, die sich so weit nach hinten lehnt, dass der Stuhl wegrollt. Mustafa stellt gelassen fest: »Der sollte einen Stuhl ohne Rollen nehmen, weil er so tappig ist.«

Edin unterbricht mein Tun: »Frau Marx, kommen Sie

zu meiner Geburtstagsparty, wenn ich 18 Jahre alt werde? Da trinken wir dann einen zusammen in Erinnerung an alte Zeiten.«

»Wann wirst du denn 18?«, erkundige ich mich.

»In drei Jahren. Ja? Kommen Sie? Wir hängen Ihnen zu Ehren auch überall selbst gestrickte Schals auf [daran arbeiten die Schüler gerade], die wir dann am Ende des Festes gemeinsam verbrennen. Das bringt Glück!«

Ein Schüler fragt dazwischen: »Kann Ihr Mann eigentlich auch stricken?«

Ich überlege: »Das weiß ich gar nicht. Da muss ich ihn direkt mal fragen.«

Ein anderer wirft ein: »Sind Sie verheiratet?«

»Ja.«

Markus meint daraufhin völlig verblüfft: »Was, Sie sind schon (!) verheiratet? Ehrlich?«

Alles lacht und Edin erkundigt sich: »Haben Sie Kinder?«

»Ja.«

»Wie viele denn?«

Mehmet kommt mir mit der Antwort zuvor: »Zwei.«

»Woher weißt du das denn?«, will ich recht erstaunt wissen.

»Alle Lehrer haben zwei Kinder«, erhalte ich zur Antwort.

Irgendwie kommt mir das bekannt vor!

»Junge und Mädchen?«, fragt Markus.

»Zwei Mädchen«, gebe ich Auskunft.

»Wie alt sind die denn?«, hakt Edin äußerst interessiert nach.

»Sechs und acht Jahre«, kläre ich ihn auf. Er sinkt ganz enttäuscht in sich zusammen. »Schade, ich dachte, so vierzehn, fünfzehn«, er lacht, »da wäre ich dann nachmittags mal zu Ihnen zu Besuch gekommen.«

»Ha!«, schreit Markus. »Da würde der Mann von der Frau Marx, der Herr ... der Herr ...? Wie heißt der denn? Ah ja, der Herr Marx, also der würde dir ganz schön was erzählen, wenn du da antanzen würdest und um die Hand seiner Tochter anhalten würdest! Der würde dir links und rechts eine reinhauen!« Er hat wirklich eine interessante Vorstellung von meinem Ehemann.

Edin zuckt unbeeindruckt mit den Achseln: »Die sind ja sowieso zu jung, die kommen nicht in Frage.« Dann betrachtet er mich: »Wie alt sind Sie eigentlich?«

»Neununddreißig.«

»Was?? Ich hätte Sie für neunundzwanzig gehalten. Ehrlich!«

»Danke, Edin, ist angekommen«, bemerke ich trocken.

»Nein, im Ernst!«, verteidigt er sich aufgebracht und Markus fällt ein: »Sie sehen echt noch unheimlich jung aus!«

Die anderen Schüler stimmen dem zu und einer stellt fest: »Sie benehmen sich auch gar nicht alt.«

Mein Tag ist gerettet!

Im Lehrerzimmer sitzt Kurt, korrigiert einen Biologietest und liest die Antwort eines Schülers vor: »Die Aufgabe der Familie ist es, ein Kind zu machen.«

Da fällt ihm siedendheiß ein, dass er Pausenaufsicht hat, und er stürmt auf den Schulhof. Von dort zurückgekehrt, setzt er sich wieder an seinen Tisch und überlegt laut: »Wobei war ich gerade? – Ach ja, ein Kind zu machen.«

Frau Kratzer, die ziemlich üppig ist, schaukelt am Vertretungsplan vorbei.

»Mit ihrem bunten Faltenrock sieht die ja aus wie 'ne

Fahne«, lästert Birgit und als die Kollegin sich bückt, um ein Blatt vom Boden aufzuheben, ihr Bund dabei verrutscht und man eine Tätowierung erblicken kann, fügt sie lauthals hinzu: »Meine Güte, die hat ja ein Arschgeweih!«

Hannes kommt mit einigen Zetteln in der Hand herein. »Die Schüler wollen für ihre Zeitung eine Umfrage starten, wer hier die Lehrerin mit dem meisten Sex-Appeal ist.«

»Wählt doch alle einheitlich die Frau Kratzer!«, schlage ich boshaft vor.

Die Umstehenden verneinen vehement.

»Obwohl«, sinniert Hannes, »mit dem Tremolo, das die hat, vibriert die vielleicht ganz gut!«

Ich verziehe mich in meine »heiligen Hallen«, habe also Reli-Unterricht. In der 7. Klasse besprechen wir Sekten und Freikirchen. Sven stellt fest: »Sekten gibt es, seitdem Martin Luther die katholische Kirche gegründet hat.« Dieser Schüler hat ja offenbar im vorigen Schuljahr gut aufgepasst!

Verena schreibt: »Die Bibel der Zeugen Jehovas heißt Wachstumsbibel.« (Wachturm)

Sonja hat den Namen der Zeugen Jehovas vergessen. Sie nennt sie: »Zeugige Hoffers.«

Tom notiert: »Die Zeugen Jehovas haben ihre eigene Bibel, die Leuchtturmbibel.«

Ein Schüler wiederholt: »Die Zeugen Jehovas haben vorausgesagt, dass Jesus am 6. März dieses Jahres als Scharfrichter auf die Erde kommen und alle bestrafen sollte.«

Remo ruft dazwischen: »Am Tag der Wahl? – Ach, so ist das Ergebnis zu erklären!«

In der Wachturmbibel wird der erste Sündenfall erwähnt, Adam und Eva. Andy fragt: »Was ist denn der erste Sündenfall?« Ehe ich reagieren kann, gibt er sich schon selbst die Antwort: »Ah, das ist, wenn man zum ersten Mal miteinander schläft.«

»Na ja«, schmunzele ich, »so kann man das auch bezeichnen, aber das ist hier nicht gemeint.«

Wir erläutern die Paradiesgeschichte und die Vertreibung aus demselben. »Und von da an konnten sie so oft zusammen schlafen, wie sie nur wollten, ins Paradies kamen sie ohnehin nie mehr«, erkläre ich dem wissbegierigen Andy.

»Daran war nur dieses Weib schuld!«, empört sich Sven.

»Und weil der doofe Adam in den Apfel gebissen hat, ist er zur Strafe an diesem Apfelstück gestorben«, gibt ihm Vera giftig zurück.

Eine weitere Mitschülerin schaltet sich ein: »Quatsch, das war doch Schneewittchen!«

Zu sogenannten Jugendsekten nennt Lena Beispiele: »Quakers und Mata Hari.«

Andere Schüler haben Probleme mit dem Namen den Mun-Sekte. Sie nennen sie »Mus-Sekte« oder »Gum-Sekte«.

Wir kommen zu den Freikirchen. Thomas schreibt: »Die Freikirchen haben in ihrem Glauben einige Unterlagen der Großkirche übernommen.« Er unterscheidet weiter: »Quäker: Stiller Gottesdienst zur Erfahrung des inneren Nichts. Baptisten: Sie haben Erwachsene getauft, damit die mal eine eigene Religion eröffnen.«

Melanie schreibt: »Heilsarmee: Sie haben einen General und sind straff auf die Bundeswehr eingerichtet.«

Hannes begrüßt mich morgens: »Aha, die Sonne geht auf! Da kommt meine schöne Kollegin und öffnet mir die Tür.«

Den umstehenden Schülerinnen fällt kurz die Kinnlade herunter. Er dreht sich zu einer herum und erkundigt sich: »Hey, Baby, wie war die Nacht?«

»Ganz okay!«, gibt sie zurück.

Dieselbe Frage stellt er dann auch mir im Lehrerzimmer.

»Gut, wenn man mal davon absieht, dass ich von Naturkatastrophen auf Hawaii geträumt habe.«

»Ach, aber du hast es schon gut!«, muntert er mich auf.

»Wieso?«

»Na, du kennst mich!«

Ich baue vor mir auf dem Tisch einen Turm aus Geldstücken. Für die Busfahrt am »Fahrradtag« habe ich die Münzen eingesammelt, denn die Schüler dürfen zwar auf dem Hof der veranstaltenden Schule radeln, aber nicht im gefährlichen Straßenverkehr. Das Geld will ich Kurt, dem Organisator, übergeben.

»Schau mal, was ich für ein tolles Türmchen gebaut habe!«, fordere ich Hannes auf.

»Mmh, mit diesen phallischen Gebilden scheinst du ja ein sehr glückliches Händchen zu haben! Wo du auch hingreifst, zeigt sich der Erfolg!«

»Jetzt habe ich so eine gute gestalterische Arbeit geleistet und der Kerl kommt nicht bei!«, maule ich, denn Kurt taucht nicht im Lehrerzimmer auf.

»Das ist wirklich allerhand, wenn du alles vorbereitet hast und der Typ nicht auftaucht«, stimmt Hannes mir zu, »aber ich bin ja da!«

»Du bekommst mein Türmchen nicht«, wehre ich ab, »ich werde weiter auf diesen Kerl warten.«

»Männer muss man ohnehin mit sehr viel Kompromissbereitschaft angehen«, schaltet sich Rosi mit einer Lebensweisheit ein.

Wir albern weiter herum. Hannes hat für das Fach Arbeitslehre ein Werkzeug in der Hand.

»Bedroh mich nicht mit dieser Feile!«, warne ich ihn.

»Feile? Das ist mein Stemmeisen.«

»Tu ihr nichts! Das ist meine Freundin!«, schreit Birgit, die gerade den Raum betritt.

»Ich zeige ihr doch nur mein Stemmeisen!«, verteidigt sich Hannes.

»Ach, so nennt man das jetzt!«, kichert Birgit.

Am nächsten Tag stolpere ich in der 8. Klasse über den Kartenständer, der mitten in meiner Einflugschneise steht, und stürze fast. Ich fange mich gerade noch am Pult ab und schnauze die Schüler an: »Wer hat den hier hingeschoben?«

»Der Herr Faulhammer«, werde ich aufgeklärt, »der brauchte den, um sich dran festzuhalten.«

»Wie bitte?«

»Na, sonst wär' er umgekippt.«

»Der Ständer?« Ich begreife immer noch nicht.

»Nö, der Herr Faulhammer.«

Ein Schüler macht eine unmissverständliche Handbewegung, so als setze er sich eine Flasche an den Hals. Nun wird es mir klar: Mein Kollege hat wieder mal zu viel getankt! Er ist ein Mann, der von der Kraft des Korkens getrieben wird, denn leider ist er Alkoholiker, das ist bekannt. Und er befindet sich in illustrer Gesellschaft, denn von dieser Sorte gibt es noch einige an unserer Schule. Schon morgens, wenn sich Herr Faulhammer mitunter über meine Schulter beugt, um mir mitzuteilen, dass ich eine Vertretungsstunde habe, verbreitet er einen solch intensiven Schnapsdunst, dass ich immer die Luft anhalte, um nicht im Alkoholnebel vom Stuhl zu stürzen.

»Der müsste mal zu den anonymen Alkoholikern«, schlägt Birgit vor.

»Da geht der niemals hin!«, bemerke ich.

»Weshalb nicht?«

»Da gibt's keinen Alkohol!«

Dafür ist er meistens gut gelaunt und erfreut Kollegen und Schüler mit munteren Sprüchen wie: »Das haut den stärksten Eskimo vom Schlitten!«, aber, so fährt er dann fort: »Männer wie wir schmeißen 's Brot weg und essen 's Papier!« Ferner gibt er gerne den Hinweis: »Das Messer am Hut genügt als Eintrittskarte.«

Den Unterricht beginnt er oft noch recht gewählt mit der Anrede: »Meine Damen und Herren ...«, um dann die Hausaufgaben mit den Worten »Vertrauen ist gut, Kontrolle ist besser!« einzufordern, und wenn dann ein gequälter Schüler irgendwelche Entschuldigungen stottert, weil er dieselben nicht vorweisen kann, feuert Herr Faulhammer die restlichen an: »Auf ihn, er zuckt noch!« Sollte jemand seinen mathematischen Ausführungen nicht folgen können, so macht er demjenigen Mut mit der Bemerkung: »Das ist Baby!«

Ich rücke den Kartenständer wieder in die dafür vorgesehene Ecke und beginne den Unterricht mit der entschiedenen Anweisung an Timo: »Nimm endlich dein Heft raus!«

Er antwortet ungewohnt fügsam: »Ja, meine Prinzessin.«

Alle lachen, doch ich entgegne: »Da bin ich aber Besseres gewohnt!«

Er überlegt kurz und flötet: »Ja, meine Göttin!« Die Runde geht an ihn.

Wir besprechen das Brecht-Gedicht »Lied vom Freundlichsein«. Die Schüler sollten es auswendig lernen. Eine Zeile lautet: »Ach, welche Verführung, zu schenken!«

Marius trägt vor: »Ach, welche Verschwendung, zu schenken!« Da merkt man unmissverständlich, wes Geistes Kind er ist.

Dann müssen sie das Gedicht interpretieren. Welch eine Zumutung! Entsetzter Ausruf von Jost: »Aber ich kann's nicht von hinten!«

Und Tommy, der es nicht für nötig hält, auch nur seinen Stift zu zücken, erklärt mir auf meinen Rüffel hin, auf sein Ohr zeigend: »Ich habe Sie optisch nicht verstanden.«

»Nächstenliebe, Freundlichkeit, Güte, Solidarität – das ist der Kitt, der die Gesellschaft zusammenhält, die Hilfsbereitschaft, die gesetzlich nicht verankert ist«, belehre ich meine Schüler, »ich muss etwas nicht tun, doch ich mache es, zum Beispiel ...?« Ich blicke auffordernd in die Runde. Jussef kann da mitreden: »Zum Beispiel jemandem helfen, das Auto anzuschieben oder seine Frau zu verprügeln.«

Später sollen die Schüler die Bedeutung gebräuchlicher Abkürzungen kennen lernen.

»Was heißt ‚ff' [folgende]?«

Jasmin ruft rein: »Fickfehler!«

»Also wirklich!«, äußere ich mich konsterniert; sie stiert ungerührt in die Runde. Auch einige andere wissen nicht, was ich anzumeckern habe.

In der Pause kommt Herr Mommsen ins Lehrerzimmer geschossen und beschwert sich lauthals über Schüler, die er schon wieder mal während der Unterrichtszeit beim

Tengelmann ertappt hat. Er liegt dort in seinen Freistunden regelmäßig auf der Lauer, um Übeltäter zu erwischen.

Verborgen zwischen Regalen und hinter Tiefkühltruhen hockend, vielleicht auch mitunter in denselben neben gefrosteten Hähnchen kauernd, streckt er anklagend sein vereistes Haupt heraus und kommt so den Schulschwänzern und Stundenentschwindern regelmäßig auf die Schliche. Dann springt er schwungvoll – man ist ja nicht umsonst Sportlehrer – aus seinem Versteck hervor und maßregelt den Missetäter mit Schimpftiraden und der Ankündigung verheerender Folgen, die dieser Rechtsbruch nach sich ziehen wird.

So hat er also wieder mal einige Delinquenten auf frischer Tat ertappt und wehe dem Klassenlehrer, der Mr. Mommsens Bemühungen nicht zu schätzen weiß und nur müde lächelnd abwinkt! Der ist in seinen Augen eine unfähige pädagogische Missgeburt.

In unserer letzten Gesamtkonferenz hat er zu bedenken gegeben, dass der »Schlauch« zwischen vorderem und hinterem Schulhof als »Ausstieg« zum Tengelmann genutzt wird. Der Zaun zum Nachbargrundstück biete keine unüberwindliche Hürde. Am liebsten würde er wahrscheinlich Stacheldrahtrollen darauf verteilen!

Die Schulsprecherin bestätigte Herrn Mommsens scharfe Beobachtungen und wies noch auf Ecken hin, in denen heimlich geraucht werde. Das ist ein weiteres seiner Steckenpferde: Raucher stellen! Und dann wurde zu seiner Beglückung auch noch sein drittes Ärgernis angesprochen: Elektronik auf dem Pausenhof.

Die Schüler halten sich doch wahrhaftig nicht an die Schulordnung! Es gebe auch bereits verstärkt Beschwerden von Nachbarn! Die Fensterscheiben unserer Schule seien vor geraumer Zeit mit Eiern beworfen worden!

Frau Jurst kommt hereingezockelt und zieht eine Fahne ihres unglaublich stinkenden Käses hinter sich her. Hannes weist sie darauf hin: »Das ist Belästigung am Arbeitsplatz! Das ist Körperverletzung!« Unbeeindruckt kaut sie weiter. Die zweite Stulle deponiert sie im Kühlschrank, der Pesthauch ist fachübergreifend! Jeder geöffnete Joghurt wird ungenießbar.

Vor einigen Monaten warf ich ihr Brot mal in den Abfalleimer, in der Annahme, es sei völlig vermodert und verschimmelt. Ich zeigte es damals Hannes, der mit mir eine Freistunde hatte, und der rümpfte entsetzt die Nase und forderte mich brüsk auf: »Wirf das weg! Wirf das bloß schnell weg!« Was ich unverzüglich tat.

In der nächsten Pause suchte die Besitzerin dann ihr Frühstücksbrot – natürlich vergeblich! Da wurde uns erst klar, dass diese Stinkschrippe wahrhaftig noch zum Verzehr gedacht war! Schweigend blickten wir uns an und grinsten, während Frau Jurst schnüffelnd durchs Lehrerzimmer streifte und sich über »Käse-Mobbing« beschwerte.

Ich flüchte in meine Reli-Klasse und plaudere mit meinen Schülern über das Volk Israel und dessen Beziehung zu Gott. Zunächst kommen wir auf Mose zu sprechen. Ich erforsche, was die Schüler aus der Grundschule bereits über ihn wissen.

»Er heißt Mose«, verkündet Basti.

Das ist alles. Also liefere ich zunächst einmal ein paar Informationen zu dem guten Mann. Ich erzähle vom Auszug der Juden aus Ägypten. Davon hat Melanie schon mal was gehört: »Das Volk hat am Sinaiberg ein goldenes Lamm gebraten.«

»Die Juden nahmen Mazzen, eine Art Brot, mit in die Wüste«, berichte ich den Schülern. Jens wiederholt: »Wasser, Decken und Matratzen.«

Schließlich erobert das Volk Israel mit Pauken und Trompeten die Stadt Jericho. »Die haben die Stadtmauern eingesungen«, stellt Heiner fest.

Zum Untergang von Sodom und Gomorrha wiederholt Carmen: »Seine Frau Lot ist zur Salzstange geworden.«

Später wünschen sich die Juden einen König. »Welche Gründe könnte es dafür gegeben haben?« Die Schüler sollen in Stillarbeit aufschreiben, was sie vermuten.

»Die Israeliten wünschten sich einen König, weil alles drunter und drüber gang, weil die Juden mit den Farisäern Streit hatten.«

Ein anderer vermerkt: »1. Sie wollten Steuern bezahlen. 2. Damit sie hingerichtet werden. 3. Damit sie jemanden mit Eiern bewerfen konnten.«

Da das also geklärt ist, lesen wir etwas über Saul, den ersten König des Volkes Israel. Der damalige Prophet, der ihm ab und zu ins Gewissen redete, war Samuel. Die Schüler merken sich auch alles ganz genau. Andreas wiederholt: »Samuel war Pruffet.« Mit der Berufsbezeichnung hat er noch kleinere Schwierigkeiten.

Theresa erklärt: »Samuel war der Sohn von Saul.« Das muss ich leider auch korrigieren.

Der Kampf zwischen David und Goliath fasziniert schließlich alle und Verena fasst ehrfurchtsvoll zusammen: »Goliath war der König von den Pharisäern, war dick und keiner traute sich gegen ihn an.«

Im Lehrerzimmer sitzt Kurt und korrigiert Biologietests.

»Hör mal her!«, fordert er mich auf. »Menschen, die sich als Mischlinge vermehrt haben, sind Manschmenschen.«

»Das klingt doch interessant!«, meine ich. »Machst du mal wieder Sexualkunde?«

Er nickt und fährt fort: »Kondome **schluckt** man.«

Ich simuliere einen Erstickungsanfall.

»Bei der Abtreibung wird der Unterleib der Frau abgetötet.«

»Sag mal, was hast du deinen Schülern denn bloß erzählt, wenn die jetzt so einen Mist verzapfen?«, mache ich mich über ihn lustig. »Das liegt immer am Lehrer! Du machst keinen pädagogisch wertvollen Unterricht!«

»Daran wird's wohl liegen«, gibt er zu, »pass auf, es geht noch weiter! Hier geht es um das Paarungsverhalten von Insekten. ‚Die Bienen haben hintereinander Geschlechtsverkehr.'«

»Wer hat hier Geschlechtsverkehr?«, funkt Hannes dazwischen, der gerade hereinkommt und sein Lieblingsthema angesprochen hört.

Ich stehe vor meinem Fach und versperre ihm den Weg zu seinem Platz. »Willst du an mir vorbei?«, frage ich ihn.

»Am liebsten durch dich hindurch«, schmunzelt er.

Jetzt mustert mich auch der in seine Tests vertiefte Kollege Kurt. »Mit was für einem ‚Body' läufst du denn hier herum? Wie soll man sich denn da noch auf den Unterricht konzentrieren?«, jammert er und deutet vorwurfsvoll auf meine Oberbekleidung. »Du siehst aus, als wolltest du gleich nach der Schule in die Disco gehen.«

»Na, was denkst du denn! Das mache ich«, verkünde ich ihm fröhlich, »und demnächst veranstalte ich die Disco gleich hier im Lehrerzimmer!«

Hannes ruft erfreut: »Oh ja, da komme ich!« Dann gibt er mir das Geld für den Tee, den ich ihm besorgt habe.

»Das ist eine Mark zu viel und ich kann jetzt nicht rausgeben.«

»Macht nichts, das ist Wege-Geld«, entgegnet er groß-zügig.

»Okay, ich mach' mir 'nen schönen Abend davon. Ich werd' 'nen Callboy anheuern.«

Birgit neben mir fällt fast vom Stuhl.

Hannes entmutigt mich: »Dafür reicht's nicht. Die Mark deckt nicht mal die Telefonkosten.«

»Du bist über die Kosten ja erstaunlich gut informiert!«, stelle ich fest.

»Leg dich nicht mit mir an!«, kontert er. »Leg dich lieber mit mir hin!«

Ich begebe mich in den Deutsch-Unterricht der 6. Klasse. Wir haben die Sage »Dädalos und Ikaros« gelesen: Ein Vater fertigt zusammen mit seinem Sohn Flügel an und die beiden fliegen über den Ozean. Weil Ikaros sich jedoch zu nahe an die Sonne heranwagt, schmilzt das Wachs, mit dem die Flügel geklebt sind, und er stürzt ab. Die Schüler sollten eine Hausaufgabe dazu verfassen.

»Dädalos wartete die Leiche an Land ab«, stellt ein Mädchen fest.

Ein anderes interpretiert: »Mit dem Absturz ist gemeint, dass die erwachsenen Kinder vom Lebenssinn abrut-schen.«

Timos Auslegung lautet: »Eltern haben meist so lange Angst um ihre Kinder, bis sie gewissermaßen unter Dach und Fach sind.«

Anschließend gehe ich in die 9. Klasse und spiele dort eine Kassette von »Else Stratmann« zum Thema »Dialekte« vor. Die Schüler sind amüsiert und Fabrizio fragt mich: »Hören

Sie so was auch privat?« Ich bejahe. »Sie sind ja menschlich!«, stellt er überrascht fest.

Sascha kriegt sich mit Maria in die Wolle. Er schreit sie urplötzlich an: »Bist du bescheuert oder was? Bist du behindert?« Dazu muss man wissen, dass sich dieser Schüler erst gestern bei unserer Rektorin über Cornelius Walk, seinen Klassenlehrer, beschwert hat, weil dieser ihn angeblich beleidigt hätte mit den Worten: »Tickst du noch ganz richtig?«

Ich falte Sascha also ordentlich zusammen und verweise ihn zurück auf seinen ursprünglichen Platz. Er soll aus einsichtigen Gründen alleine sitzen und hat gerade mal wieder versucht, ob er nicht mit einem Tischnachbarn auskommen kann. Offensichtlich nicht, wie ich kommentiere. Er ereifert sich daraufhin: »Nur, weil Sie mich nicht mögen, diskriminieren Sie mich hier! Sie grenzen mich voll aus!« Dann zieht er sich mit verschränkten Armen in seinen Schmollwinkel zurück und verweigert die Mitarbeit. So haben die Klasse und ich eine Stunde Ruhe.

Ich sitze im Lehrerzimmer und sauge an einer Peperoni wie ein Vampir, der Blut schlürft. »Man hat das Gefühl, in ein brennendes Streichholz zu beißen«, näsele ich genießerisch.

Hannes neben mir hat einen Handschmeichler, den er ständig hingebungsvoll drückt. »Der ist wie eine weibliche Brust«, verrät er mir. Dann schnuppert er an mir: »Mmh, riechst du wieder nach dem toten König?« Ich bestätige, dass ich heute das Parfum »Amun«, benannt nach Tutenchamun, aufgetragen habe.

Kurt kommt herein und erzählt, er habe gestern einen beeindruckenden Film gesehen: »Ein schiffbrüchiger

Seemann landet auf einer einsamen Insel, auf der zufälligerweise eine bildhübsche, junge Nonne mutterseelenallein wohnt. – Warum passiert mir so was nicht? Ich glaube, ich kaufe mir ein Schlauchboot!«

Ein Schüler will mich sprechen und ich verlasse kurzzeitig meinen Platz. Als ich wiederkomme, steht Torsten hinter meinem Stuhl und unterhält sich mit Karl Hirnbein. Ich fordere Torsten auf: »Rück mal ein Stück, damit ich hier hinkann!«

Der Angesprochene streift mich mit einem Blick, grinst und setzt sich demonstrativ auf meinen Stuhl mit der Bemerkung: »Hier gibt es keine festgelegten Sitzplätze.«

»Damit habe ich keine Probleme«, entgegne ich und lasse mich auf seinem Schoß nieder. Er wird puterrot. So erhebe ich mich wieder, nehme auf dem benachbarten Stuhl Platz und quassele mit Birgit. Torsten rutscht nun etwas beiseite und deutet auf die freigelegte Stelle: »Setz dich doch mit mir zusammen hier drauf!«

»Nein«, lehne ich ab, »das ist mir zu schmal. Entweder auf deinem Schoß oder gar nicht.« Dann greife ich zu meiner Brotbox. »Aber mein Frühstück bekommst du nicht!«

»Will ich auch nicht! Hast du nicht was Süßes?«

Prompt klappe ich meine Schnuckeldose auf und er darf sich bedienen. Dann klingelt es und ich muss nach meinem Schlüsselbund greifen, das vor ihm auf dem Tisch liegt. Torsten gestikuliert gerade wild mit Karl herum und ich halte im Fluge seine Hand fest, um an meine Schlüssel zu gelangen.

Er wird schon wieder leicht rot. »Heute hast du's aber mit mir!«

»Das liegt nur daran, dass ich dich so gernhabe«, säusele ich und gehe zur Tür.

»Damit kann ich gut leben!«, ruft er mir nach.

Friederike prallt auf der Schwelle fast mit mir zusammen und vernimmt die Worte ihres Mannes. »Womit kannst du gut leben?«, forscht sie sogleich. Ich mache mich schnellstens vom Acker und er wird sich wohl was einfallen lassen müssen.

Wir lesen in der 7. Klasse ein Buch mit dem Titel »Der Teufelskreis«. Es handelt von Hexenverfolgungen im Mittelalter. Ich gebe Erläuterungen zum sogenannten »Hexenhammer«: »Das ist ein Leitfaden für Richter, wie man Hexen verführt.« Erst durch das Gelächter meiner Schüler werde ich aufmerksam und korrigiere mich: »Verhört, natürlich!« Dann frage ich: »Wer wurde besonders als Hexe verfolgt?«

Robby antwortet: »Wenn aus Zufall etwas in der Nähe passiert ist, zum Beispiel, dass aus der Kuh keine Milch mehr kommt, hat man behauptet, rothaarige Frauen seien schuld daran.«

Ein anderer ergänzt: »Aber echte rote Haare! Oben und unten!«

Es geht in dieser Lektüre auch um Standesunterschiede, die »Rattenwelt«, der ein Junge namens Georg angehört, das ist die Welt der Obdachlosen und Diebe, und die bürgerliche Schicht ist jene, in der Hieronymus, sein Klassenkamerad, lebt. Die Schüler bekommen die schriftliche Aufgabe: »Vergleiche die ‚Rattenwelt' Georgs mit der Bürgerwelt des Hieronymus!«

Dazu schreibt Tamara: »Georg war wie eine Ratte, er hatte nichts gegessen als Ratten.«

Rocco wird schon etwas genauer: »In der ‚Rattenwelt' von Georg hilft man sich gegenseitig, dagegen in der Welt von Hieronymus tötet man andere. In Georgs Welt z. B., wenn dort jemand stirbt, isst man ihn nicht, sondern trauert um ihn sozusagen.«

Dazu merke ich an: »Und in Hieronymus' Welt gibt es Menschenfresser?«

Ich habe mit Birgit zusammen eine Freistunde, das hat echten Seltenheitswert. Sie korrigiert wieder einmal Tests und rauft sich dabei die frisch ondulierten Haare. Ich bereite eine neue Unterrichtseinheit vor. Sie schiebt mir ein Blatt herüber: »Das Lied sollten die Schüler auswendig lernen.« Ich lese:

»Einigkeit und Recht und Freiheit
Für das deutsche Faterland
Danach last uns alle sterben
Bürgerlich mit Herz und Hand
Einigkeit und Recht und Freiheit
Sind ein glücks Uferland
blü im glanze dieses Glücks
Blü Deutsches Faterland.«

Dann wollte sie wissen, woran man einen guten Balletttänzer erkennt.

»An seiner Gangart. Balletttänzer laufen fast wie eine Ente. Sie haben eine watschelähnliche Gangart.«

Weiterhin ging es um Anne S. Mutter.

»Anne S. Mutter hat auch immer einen freien Oberkörper. Sie sagt dazu, dass sie mit ihrer Geige immer eng zusammensein muss.«

Plötzlich fällt mir ein, dass Birgit noch den Film »Der Liebhaber«, den ich ihr geliehen habe, zu Hause hat: »Birgit, du hast übrigens noch meinen ‚Liebhaber'. Als ich das letzte Mal bei dir war, habe ich ihn auf dem Sofa liegen lassen«, erinnere ich sie.

Hannes, der hinzugekommen ist, erkundigt sich: »Teilt ihr euch etwa die Männer?«

»Ja, stell dir vor, ich habe ihr sogar mal mein Richard-Gere-Video gegeben! Das ist ganz altruistisch von mir! Das ist beinahe so, als würde ich ihr meinen Geliebten ausleihen.«

Herr Mommsen betritt den Raum. Zehn Minuten vor Unterrichtsschluss hat er anscheinend die Stunde beendet.

»Du hast ja früh geschlossen!«, stellt Hannes fest.

Mommsen rechtfertigt sich: »Es hat geklingelt!«

»Nein, hat es noch nicht. Schau doch auf die Uhr!«, korrigiert ihn sein Kollege.

Mommsen blickt hin, doch beharrt auf seiner Wahrnehmung: »Es hat geklingelt!«

»Na, du hörst ja auch außerirdische Stimmen von oben«, bemerkt Hannes.

Mr. Mommsen setzt sich mürrisch auf seinen Platz und murmelt unverdrossen vor sich hin: »Es hat geklingelt!«

Am nächsten Tag ist ein Stadtlauf zugunsten einer Wohltätigkeitsorganisation geplant. Mehrere Schulen beteiligen sich an diesem Projekt, so auch die unsrige. Wir Lehrer versammeln unsere Klassen auf dem vorgesehenen Gelände und stellen die Schüler klassenweise zu Riegen auf.

Die Kinder erscheinen in Sportkleidung, bei den Lehrern ist das nicht erforderlich, da sie nur die Aufsicht zu führen haben. Dennoch erscheint Herr Mommsen in einem blauweißen Spielanzug. Ja, mit Lätzchen! Sein Haupt ist gekrönt von einem roten Käppi mit der Aufschrift: »Maggi macht's möglich.«

Seine Klasse findet diese Aufmachung allerdings unmöglich! Ihr Lehrer ist ihnen nur peinlich und sie stieben in alle Himmelsrichtungen auseinander. Herr Mommsen versucht derweil Ordnung in den nicht vorhandenen Haufen zu bringen.

Meine Riege steht startschussbereit, als ich auf einmal eine ungeahnte Verlängerung der Schülerschlange wahrnehme. Ich schreite die Reihe gemessen ab und erkenne Mommsens 10. hinter meiner Klasse eingeordnet.

»Bitte, Frau Marx, lassen Sie uns hier stehen!«, fleht mich der Klassensprecher an. »Sehen Sie, da vorne sind Pressefotografen, und wir können uns doch nicht zusammen mit unserem Lehrer ablichten lassen! Am Ende kommt das Bild dann noch in die Zeitung!«

Und eine Schülerin ergänzt: »Ich habe ihn vorhin begrüßt: ‚Willkommen auf der Erde! So wie Sie heute aussehen, können Sie nur von einem anderen Stern sein!‘ Herr Mommsen fand das gar nicht komisch und will mir eine Aktennotiz schreiben.«

»Der müsste man aber ein Foto seines Outfits hinzufügen«, denke ich und kann mir ein Kichern nicht verkneifen. Ansonsten habe ich durchaus Verständnis für ihr Anliegen und lasse die Schüler gewähren. Sie sprinten also alle gemeinsam los und laufen ihre Runden.

Inzwischen irrt Herr Mommsen orientierungslos inmitten all der Jugendlichen einher und fahndet nach seiner Klasse. Ich sitze unterdessen mit einigen meiner Kollegen in einem Straßencafé, es ist noch erstaunlich warm, und beobachte das Treiben. Wir plaudern gemütlich miteinander und nach und nach gesellen sich immer mehr »Aufsichtführende« hinzu. An einem Nebentisch sitzt eine Frau, die eine Duschhaube als Kopfbedeckung trägt und Torte löffelt. Die würde optisch gut zu Mr. Mommsen passen.

Der hastet hektisch vorbei und ruft uns verzweifelt im Galopp zu: »Habt ihr meine Klasse irgendwo gesehen?«

Wir schütteln verneinend den Kopf und grinsen in unseren Milchschaum.

Kapitel 11

Eine Erkältung hat mich erwischt. Mein Kopf tut mir heute Morgen so weh, als hätte mir jemand einen Fußball dagegen geschossen. Außerdem scheppert mir mein Husten das gesamte Gehirn durcheinander. Ich schlucke »Überlebens-Paracetamol« und begebe mich mutig in die Schule. Dort stiere ich blicklos vor mich hin und reagiere nicht auf Ansprache.

»Du bist heute ein bisschen wahrnehmungsgedämpft«, diagnostiziert Hannes sogleich, »ist die Plapperschlange krank?«

Ich nicke müde. »Dabei habe ich mir schon massig Farbe ins Gesicht gemalt, um das Leben etwas bunter zu gestalten«, krächze ich und deute auf die Fensterscheiben, gegen die der Regen prasselt.

»Das soll auch die nächsten Tage so bleiben, Dauerregen in Deutschland ist angesagt!«, muntert er mich auf.

Kurt schaltet sich ein: »Wir haben hier anscheinend die Wasserspülung von dem ganzen Scheißhaus erwischt!«

Ich schleppe mich zur ersten Stunde in die 5. Klasse und versuche zwischen Hustenanfällen Deutsch zu unterrichten. Da ich eine Klassenarbeit zurückgebe, muss ich glücklicherweise nicht allzu viel reden. Die Kinder haben eine Gruselgeschichte geschrieben und es wurden ganz putzige

Aufsätze abgegeben. So lautet der fantasievolle Name eines Vampirs »Igittchen Beißmich«.

Ein kleiner ängstlicher Geist wird »Stopf-Mampf« genannt: »Nach einer Weile vergaß Stopf-Mampf, dass er Angst hatte, und heiratete Micki. Sie bekamen viele mutige Geisterkinder.«

Auch ein anderer Schüler beschreibt ein Gespenst, das sich fürchtet: »Immer, wenn ein Lebewesen in die Nähe kam, ist es vor Schreck weggerannt. Es kam wie eine Schnecke und weck wie ein Reh!«

Larissa erzählt ein reales Erlebnis, nämlich wie auf einer Kirmes ihre kleine Schwester in der Geisterbahn verloren ging. »Zum Glück fanden wir sie noch. Zum Schluss erleichterten wir uns. Und dann bekamen wir alle eine Zuckerwatte.«

In der Pause kommentiert Torsten meine Schnupfennase: »Du hast die roten Kotflügel angeschnallt.« Wer den Schaden hat, spottet jeder Beschreibung! War schon immer so!

»Ich kann nicht mal niesen!«, beschwere ich mich. »Es ist nur ständig so, als ob ich Brause in der Nase hätte.«

Meine Stimme hat mittlerweile auch ihren Geist aufgegeben. Sie ist heiser und tief – irgendwo zwischen alter Oma und Zarah Leander angesiedelt. Außerdem bin ich völlig antriebslos! Ich fühle mich wie ein nasser Keks, der in einer Tasse, gefüllt mit Kakao, aufweicht und nicht in der Lage ist, über den Rand hinauszukommen.

Und heute ist auch noch Elternsprechtag! Ich notiere mir diesen Termin auf einem kleinen, gelben Zettel, den ich auf meine Schultasche klebe. So benebelt, wie ich bin, könnte ich die Veranstaltung glatt vergessen.

Überhaupt sind es die kleinen gelben Zettel, die mich schulisch über Wasser halten, nicht etwa meine kleinen grauen Zellen. Im Lehrerzimmer bin ich bereits als »Klebe-Käthe« bekannt. Ich bin total vergesslich! Sogar in meinen Träumen benutze ich kleine, gelbe Zettel. Neulich, als ich mich mal wieder ziemlich über einen Missstand aufgeregt hatte, wetterte ich: »Das ist ja allerhand! Das merke ich mir! Ich werde es sofort aufschreiben, damit mir das nicht wieder entfällt! Hannes denkt, dass ich nicht nachtragend sei, aber das stimmt nicht, ich bin nur vergesslich!«

Ich sehe auch immer schlechter! Vor kurzem wollte ich Wolle einkaufen und ging zielstrebig auf ein Regal zu, in dem ich die farbigen Flecken für Wollknäuel hielt. Erst als ich dicht davor stand, merkte ich, dass ich in die Malerabteilung geraten war und nun vor bunten Farbtöpfen stand.

Hannes hat auch etwas zu jammern. Er besitzt eine neue Katze, auf die er aber leider allergisch reagiert. Dennoch sei das Vieh ganz niedlich. Ich gebe meiner Verwunderung Ausdruck, dass er sich unter diesen Umständen überhaupt bereit erklärt hat, sie anzuschaffen.

»Na ja«, sagt er gedehnt, »ich muss bei meiner Frau für gutes Wetter sorgen und Buße tun.«

»Ich verstehe! Fehlverhalten abarbeiten!«

Er seufzt nur vernehmlich.

Torsten kommt hereingestürmt: »Die Klasse 10c hat heute im Mathe-Raum die Fenster ausgehängt und ist verduftet.«

»Na super! Da brauchst du nicht im Mief zu sitzen!«

Ich bin dafür berüchtigt, nach dem Betreten eines Klassenzimmers immer zuerst die Fenster aufzureißen, um zu lüften. Die Schüler zittern schon, wenn ich nur reinkomme, nicht aus Angst vor mir, sondern weil sie bereits zu frieren beginnen, bevor die kalte Luft sie überhaupt trifft. Das nennt man Konditionierung!

Aber mein Auftritt ist immer noch gemäßigter als Herrn Mommsens, der zur Begrüßung die Schüler schon mal anschreit: »Ihr kotzt mich alle an!« Dann springt er auf den Tisch, man ist ja durchtrainiert, lässt seine handgestrickte Mütze durch die Klasse segeln und wehe, sie wird nicht aufgefangen! Einmal flog sie zum Fenster hinaus. Der arme Schüler, der dort saß, musste sie erstens vom Hof heraufholen und zweitens zum Nachsitzen antreten, weil er angeblich nicht aufgepasst hatte. Seine dicken Socken, die er im Winter über die Perlonfußbekleidung streift, trocknet Mommsen gerne auf der Heizung, dass es nur so dampft! Wer da seinen Platz hat, ist übel gestraft!

Ich habe zu allem Überfluss auch noch eine Vertretungsstunde und raffe mich mühsam dazu auf.

Kurt rammt gerade seine Klasse ungespitzt in den Boden. »Ihr Schlappos! Früher, da hab' ich das mit links geschafft!«

Ein Schüler wagt es zu kichern.

»Ich hüpp' dir gleich ins Kreuz!«, kündigt ihm sein Lehrer an.

In diese ausgelassene Stimmung platze ich.

»Die sollen ihr Klassenzimmer aufräumen und es sauber machen! Das sieht ja hier aus wie im Schweinestall!«, raunzt er.

»Das waren wir aber gar nicht!«, verteidigen sich die Schüler. »Das muss eine andere Klasse gewesen sein, die hier Unterricht hatte.« Ganz klar, es ist wie immer niemand gewesen!

Vor einigen Wochen hat jemand unserer Rektorin vor

die Wohnungstür geschissen. Sie wäre morgens fast in den Haufen hineingetreten. So war es wohl auch geplant gewesen. Aber trotz intensiver Nachforschungen wurde der Täter nicht überführt. Keiner wollte es gewesen sein!

»Wir hätten jetzt aber eigentlich Biologie bei Herrn Hopperdietzel!«, mault eine unzufriedene Schülerin.

»Für ihn habe ich bei euch Vertretung«, schalte ich mich ein.

»Dann müssen Sie auch sein Lieblingswort verwenden! Er sagte letzte Stunde 37-mal ‚nicht‘, wir haben eine Strichliste geführt«, fordert mich Robert auf. »Und wissen Sie, was er noch gesagt hat: ‚Ihr denkt jetzt wohl, das ist das Allerselbe, aber nein, das ist viel anders!‘«

Ich muss unwillkürlich lachen.

»In Mathe hat er uns eine Textaufgabe gestellt: ‚Ein Schiff sieht einen Pfosten …‘.«

»Genug, genug!«, wehre ich ab. »Erst wird aufgeräumt, wie euer Klassenlehrer angeordnet hat, dann könnt ihr für Biologie lernen.« Ich lasse mich schwer hinters Pult plumpsen.

Dennis tappt verschlafen in die Klasse.

»Kommt der auch schon!«, bemerkt Manuela süffisant.

»Mein Vater ist heute zu spät gestartet«, bringt er als Entschuldigung vor.

»Pünktlichkeit ist keine Frage des Losfahrens, sondern des Ankommens«, belehre ich ihn weise und vermerke seine Ankunft im Klassenbuch.

Lena erzählt während der Aufräumaktion einen Witz: »Achmet, ach, lach net, ich krieg' mei Tach net! – Arabisch: Ich bin schwanger!« Alle außer Mustafa lachen.

Dann zücken die Schüler ihre Biologiebücher. In einer der nächsten Stunden steht ein Test an.

»Wir reden gerade über bewusste Ernährung«, informiert mich Katharina, »wir machen das, damit wir gesund sterben.«

»Ja, es sollte zum Beispiel nur noch BSE-freies Rindfleisch verzehrt werden«, erkläre ich.

»Wie alt wollen Sie eigentlich werden?«, fragt mich daraufhin ein Schüler. Ehe ich mir eine Antwort überlegen kann, werde ich durch eine interessante Äußerung abgelenkt: »Aus Stör-Eiern macht man Frikassee.«

Das bringt Thomas auf eine glänzende Idee: »Wir sollten uns mit ekelhaften Krankheiten befassen und dabei könnten wir ja gemütlich frühstücken!«

Abends schleppe ich mich dann erneut in die Schule. Ich schniefe genervt vor mich hin und empfange das erste Elternpaar. Das Gesicht der Frau sieht aus wie geschlagene Sahne: weiß, weich, konturlos. Sie stellt sich vor: »Ich bin Hausfrau und Familienfrau.« Kein Name, nichts, nur ihre Funktion. Dann ergreift ihr Mann das Wort und labert mich zehn Minuten lang zu. Ich komme nicht dazu, ihnen irgendetwas über ihren Sohn mitzuteilen, doch als Eheberater wird mein offenes Ohr offenbar gebraucht.

Von einer weiteren Mutter erfahre ich, dass sie nach der Trennung von ihrem Gatten keine andere Bleibe fand als ein Stundenhotel, deshalb wohne sie jetzt dort. Ich solle mir daraus aber nichts machen. Ihre Tochter sei bei den Großeltern untergebracht.

Marios Vater erklärt mir, sein Sohn werde in der Klasse gemobbt, er wehre sich aber stets mit zusammengebissenen Fäusten.

Dann schüttet mir Tanjas Mutter das Herz aus: Sie vermietet Zimmer, aber nur noch an Männer, nachdem sie eine sehr schlechte Erfahrung mit einer Frau gemacht hat. Sie kam eines Tages nochmal kurz nach Hause zurück, um ihr vergessenes Portemonnaie zu holen. »Da saß dat Mensch auf mei'm Mann sein Schoß! Ich sach: ‚Meinste, den haste mitjemiet?'« Seither hängt der Haussegen schief, was die miserablen Leistungen ihrer Tochter erklären soll.

Ein Vater verteidigt seinen Sprössling, der verdächtigt wird, in den Pausen unberechtigterweise den Schulhof zu verlassen: »Maxi ist nicht der Tengelmann-Typ.«

Ich unterbreche diese Darbietungen für zehn Minuten und stolziere ins Lehrerzimmer. Dort sitzt Hannes und schmatzt mit grimmigem Gesicht vor sich hin. »Die Pizza schmeckt wie eine vollgepisste Wolldecke!«, schimpft er.

»Vorhin hat mich Enzos Mutter angerufen, weil sie heute keine Zeit hat, zum Elternsprechtag zu kommen«, berichte ich meinem Kollegen, »die hat ganz anders geklungen als sonst. Die hat doch immer so 'ne weinerliche Stimme.«

»Sie hat eine Therapie gemacht«, weiß Hannes.

»Na, die hat dann ja wohl angeschlagen!«

Ich koste ein Stück seiner Pizza. Sie ist wirklich matschig und ungenießbar.

Unwillig begebe ich mich nach Ablauf der Pause wieder zurück in meinen Klassenraum, vor dem die Eltern bereits wie die Hühner auf der Stange sitzen und warten.

Heikos Vater erklärt mir zum Fernsehkonsum seines Sohnes: »Der is kei Zapper! Der macht net dursch die Ka-näle!« Na, da bin ich aber beruhigt!

Einer Mutter, die mir zuvor mitgeteilt hatte, sie sei »ge-setzlicher Erziehungsvorsitzender«, ich denke, sie ist allein erziehend, habe ich einen Brief geschrieben. Ich bemän-gelte, dass ihr Sohn des Öfteren ziemliche Kraftausdrücke, zum Beispiel »Arschloch, Scheiße« usw., verwendet. Formuliert habe ich diesen Tadel jedoch sehr gewählt: »Martin bedient sich häufig der Fäkalsprache.«

Heute knallt mir seine Mutter den Brief triumphierend auf den Tisch. »Das kann gar nicht sein! Das Fach hat er überhaupt nicht! Er ist im Französischkurs!«

Ein weiteres Elternteil bedauert es sehr, dass ich die Tochter von der Platznachbarin getrennt und umgesetzt habe. »Sie sind doch so eng miteinander verfreundet!«

Ich muss mit dem Bus zur Schule fahren. Es hat zum ersten Mal geschneit, die Straßen sind glatt und noch nicht gestreut. Ich stelle fest, dass der Transport mit einem öffentlichen Nahverkehrsmittel recht abenteuerlich ist.

Eine Frau mit einer riesigen Tasche, die sie auf dem Nachbarsitz geparkt hat, will diese nicht wegnehmen, als ein weiterer Fahrgast sich da hinsetzen möchte. Es erfolgt ein heftiger Disput, in den sich schließlich der Fahrer einschaltet. Er steht dabei draußen vor der geöffneten Tür, als sich der Bus plötzlich in Bewegung setzt und ohne ihn losrollt. Geistesgegenwärtig springt ein Mann zum Steuer und zieht die Handbremse. Die allgemeinen Schrecksekunden nutzend, greift der immer noch stehende Herr zum Streitobjekt, knallt die Tasche einfach auf den Boden und plumpst auf das Lederpolster.

Der leicht schockierte Busfahrer fährt an der nächsten Haltestelle vorbei, woraufhin ihm die dort Wartenden erbost mit den Fingern hinterherdrohen.

Ein Kontrolleur steigt ein, »ein Kopfgeldjäger«, wie ein Mädchen grimmig bemerkt. Es sitzt mit verbundenem Fuß auf einem Platz, was eine ältere Frau jedoch nicht daran hindert, es unfreundlich aufzufordern, es solle sich für sie erheben. Die so Angesprochene denkt natürlich gar nicht daran und die Alte keift sie an: »Zu Adolfs Zeiten gab es diese freche Jugend nicht!«

Ein Mann hievt mühsam seinen Koffer in den Bus. Bevor er selbst auch einsteigen kann, fährt der Wagen los. Im Schneetreiben sehe ich das fassungslose Gesicht des Mannes.

Zwei Farbige fotografieren sich gegenseitig mit Blitzlicht, mehrere Kinder streiten sich lautstark und liefern sich eine Schlacht: Apfelsinenschalen und Hefte fliegen den Fahrgästen um die Ohren.

Eine Frau informiert eine Bekannte mit dröhnender Stimme über ihre dramatisch abgelaufenen Entbindungen. Die Beweise hat sie vor sich im Kinderwagen liegen und auf ihrem Schoß hocken. Ein anderer liest seinem Gegenüber aus der »Bild«-Zeitung vor und kommentiert diese Nachrichten.

Der Busfahrer bremst scharf und die Räder geraten ins Rutschen. Ein Mann hat einen Plastikbeutel, gefüllt mit Äpfeln, vor sich stehen, die Tüte kippt nach diesem Manöver um und das Obst rollt durch den Gang und unter die Sitze. Einige Schüler greifen beherzt zu und ergänzen so ihr Pausenfrühstück.

Schließlich fährt sich der Bus in einer Schneewehe fest und wir müssen alle aussteigen. Die letzten zwei Haltestellen laufe ich zur Schule.

Dort stelle ich fest, dass wegen des Wetters die Mehrzahl meiner Schüler noch nicht eingetroffen ist. Die Mehrzahl meiner Kollegen ebenfalls nicht. Also heißt es Doppelaufsichten machen! Ich lasse die Klassentüren geöffnet und patrouilliere auf dem Gang hin und her.

Eine Gruppe neu Eingetroffener informiert mich, dass sie

jetzt eigentlich bei Herrn Hirnbein Unterricht hätten, sie seien aber »nicht böse drum«, dass er fehle.

»Der mosert uns immer an!«, beklagen sie sich bei mir und nennen Beispiele: »Wir sind hier nicht im Kindergarten!«, weist er sie wohl häufig zurecht. Ich muss gestehen, dass ich diesen Satz auch öfters äußere.

»Komm, gib Milch!«, fordert er die Schüler auf, wenn er eine Antwort hören will, und sollte diese nicht gleich erfolgen, merkt er an: »Ich hab Zeit!« Letzteres meistens, wenn die Pause vor der Tür steht.

Da sich der Befragte mitunter ziemlich begriffsstutzig anstellt, maßregelt er ihn mit den Worten: »Du tust immer so, als müsste man einem Straßenkehrer einen Halbkreis aufzeichnen, damit er weiß, wo er fegen soll!« Und stellt dann abschließend vernichtend fest: »Wir sind hier auf einer Realschule!« Wo der Angesprochene offensichtlich nicht hingehört.

»Seine Frau ist auch nicht besser!«, mault eine Schülerin. »Die tauschen ihre Anmachsprüche wahrscheinlich beim Abendessen aus.« Sie schüttelt ihr verschneites Haupt, dass es nur so stiebt, und bekommt Unterstützung von ihrer ebenfalls durchweichten Freundin: »Die Frau Hirnbein droht uns immer: ,Ich kann auch schief kommen!' oder ,Da ist die Tür!'«

»Kurz danach schmeißt sie jemanden aus der Klasse.«

»Sie hilft uns auch nie, wenn sie was abfragt. Sie flötet nur: ,Da gibt es zwei bis sieben Möglichkeiten', und fügt dann tiefsinnig hinzu: ,Wenn man zwei Möglichkeiten hat, sollte man sich immer für die andere entscheiden.'«

Ich schicke die beiden verfrorenen Mädchen, bevor sie weiter lamentieren können, in ihre Klasse. Sie sollen sich erst mal an der Heizung trocknen.

Im Nebenraum ist Frau Sturm eingetroffen. Statt wie ich mit dem Bus kam sie per Taxi. Nun versucht sie Ruhe in den Tumult zu bekommen, indem sie ein intensives »Schschscht!« zischt, das keines der Kinder auch nur im Geringsten beachtet. Hilfe suchend blickt sie mich an und ich donnere ein »Alles auf die Plätze!«, was dazu führt, dass etliche Schüler in die Nachbarklasse eilen. Man hat sich also unbefugterweise zu einem Schwätzchen getroffen. Aber geregelter Unterricht ist zurzeit ohnehin nicht möglich.

Frau Mayer treibt eine Horde Fünftklässler vorbei, die in der eisigen Sporthalle herumturnen sollen, und kläfft: »Stellt euch nicht so an!«

Und Kollegin Naft versucht ihre Bande durch familiäre Geschichten zu fesseln: »Mein kleiner Sohn, der ...«

Es klingelt und ich taumele bereits jetzt erschöpft ins Lehrerzimmer.

Dort steht Frau Kratzer, gerade frisch aus ihrem Hinterwäldlerdorf eingetroffen, in einem wollig-warmen Mantel und sieht aus wie ein zugehängtes Kettenkarussell.

»Man konnte einfach nicht durchkommen«, rechtfertigt sie ihre Verspätung. »Ich habe wirklich und wahrhaftig alles Menschenmögliche versucht!«

Eigentlich sollte sie den Mund nur aufmachen, um Luft zu holen, aber leider belehrt sie alle und jeden mit ihrem durchdringenden Organ. Sie ist laut, lästig und link! Das macht sie zu solch einer »beliebten« Kollegin!

Momentan erzählt sie von ihren Depressionen, die sie jetzt, während der Wechseljahre, hat. »Das feucht durchgeschwitzte Laken kann man ja wechseln, aber beziehe mal deine Psyche neu!«

Kurt kann das als Mann irgendwie nachfühlen, denn er

zitiert, leicht abgewandelt, Goethe: »Ach, kämen doch die Zeiten wieder, wo geschmeidig alle Glieder – bis auf eins! Nun sind die Zeiten hienieder, wo steif sind alle Glieder – bis auf eins!«

Irgendwas werde ich in diesem Kollegium noch mal verlieren – wahrscheinlich den Verstand! Oder die Nerven! Aber da ich ein »Johanniskraut-Junkie« zur Stärkung derselben bin und mich täglich dope, wird das hoffentlich nicht so schnell passieren!

Hannes kommt jahreszeitgemäß hereingeschneit. Er saniert gerade sein Badezimmer. Dazu schraubte er die Rohre ab. Ihm wurde erklärt, das eine sei das Entlüftungsrohr, tatsächlich war es aber das Abflussrohr.

»Dann ging jemand in der Wohnung über mir zur Toilette und spülte. Da wirst du grün im Gesicht! Ich bin gleich hochgerannt und habe gesagt, das sollen sie bloß nicht noch mal machen!«

Cornelius Walk ist stark beeindruckt. »Das ist ja schaurig!«, stöhnt er geziert. Ihm könnte ein solches Malheur wahrscheinlich nicht widerfahren, er ist »die Frau« in seiner Paarbeziehung und sein Freund wird wohl für handwerkliche Tätigkeiten zuständig sein. Allein die Vorstellung, was Hannes erlebt hat, lässt ihn unruhig auf seinem Stuhl hin- und herrutschen.

»Hoffentlich machen ihm nicht wieder seine Hämorrhoiden zu schaffen«, flüstert mir Birgit zu, »sonst steht eine erneute OP an und wir dürfen ihn vertreten!«

Hannes beginnt einen Satz: »Ich habe einen schwulen Freund …« Ich lache. Er protestiert: »Nein, sooo gut kenne ich ihn nicht!« Dann schiebt er sich ein Stück Konfekt in den Mund. »Mmh, nur die Brustspitze einer Frau schmeckt besser!«

»Das würde Cornelius nicht bestätigen.«

Wir kichern und er gibt mir ein Stückchen ab.

Torsten erscheint und pflückt sich Eiszapfen aus seinem Bart. Er hatte Hofaufsicht.

»Tja, glatt rasiert ist eben doch besser!«, bemerke ich altklug, doch er verneint: »Ein Bart wärmt – sonst bekommt man kalte Mundwinkel.«

Weihnachten steht vor der Tür. Durch die Fußgängerzonen schwirren glühweinbenebelte Nikoläuse und auch unterrichtsmäßig habe ich mich auf die westgermanische Materialschlacht eingestellt. Mit den Schülern der 5. Klasse lese ich also die Weihnachtsgeschichte nach Lukas und teile Texte dazu aus. Irgendwie muss mir ein Arbeitsblatt der Klasse 10 in den Stapel geraten sein. Dort behandeln wir gerade das Thema »Abtreibung«.

Die Schüler lesen nun die den meisten wohl bekannte Erzählung vor. An der Stelle »mit Maria, seinem vertrauten Weibe, die war schwanger« meldet sich zaghaft die kleine Jennifer: »Frau Marx, bei mir heißt die Frau nicht Maria, sondern Lisa und als Überschrift steht: ‚Ungewollte Schwangerschaft‘.«

»Oha!«, rufe ich, »da ist dir versehentlich ein Arbeitsblatt für die 10. Klasse ausgeteilt worden. Natürlich war die Schwangerschaft für Maria unverhofft, aber sicher nicht ungewollt«, beruhige ich sie.

Jennifer bringt mir das Blatt schüchtern nach vorne ans Pult. »Der erste Satz heißt: ‚Mir war sofort klar, dass ich das Kind nicht wollte.‘ – Das ist doch nicht die Weihnachtsgeschichte?«

»Nein, nein«, beschwichtige ich schnell, »wie gesagt, du hast nur den falschen Text bekommen.«

Svetlana ist schon aufgeklärt: »Maria wurde schwanger vom Seim eines religiösen Mannes.« Seim? Na, immerhin war er fromm.

Sie fährt fort: »Das geschah in Ungarn, denn Jesus war in eine Handarbeitsdecke aus Ungarn eingewickelt.« Ich frage mich, wer das wohl erforscht hat.

»Da es damals noch keine Kirchenbücher oder gar Standesämter gab«, erläutere ich den Schülern, »wurde Christi Geburt nicht aufgezeichnet. Nur die Daten von Königen zum Beispiel wurden festgehalten.«

»Man konnte ja auch nicht wissen, dass Jesus später mal so 'ne Karriere macht!«, pflichtet mir Luke bei.

»Deshalb kamen auch keine Reporter«, nickt Kerstin verständnisvoll.

Ich erwähne, dass aber zumindest drei Könige dem Kind in der Krippe gehuldigt haben. Rasmus wedelt aufgeregt mit der Hand in der Luft herum und bringt dadurch den Pferdeschwanz seiner Nachbarin zum Schwingen. »Die liegen jetzt im Kölner Dom. Da war ich mit meinen Eltern. Irgend so ein Dassel-Depp hat die da hineingeschleppt!«

»Reinhold von Dassel hat sie nach Köln überführen lassen«, verbessere ich ihn.

Rasmus ist unbeeindruckt: »Na, sag ich doch! So'n Dassel-Dussel!«

Kapitel 12

Im Lehrerzimmer stehen adventsgemäß Nüsse auf dem Tisch. »Bitte knacken!« Ich gebe Hannes zwei Exemplare in die Hand. Er drückt zu und serviert mir die Kerne. Lecker! Dann blättert er durch Reiseprospekte. »Schwarzwald oder ins Bergische?«, fragt er mich.

Ich bin erstaunt. »Fliegt ihr dieses Jahr nicht nach Thailand?« Ich bin gedanklich immer noch in meiner weihnachtlichen Unterrichtseinheit: »Entfliehen Sie dem Festtagsstress!«

»Wir müssen jetzt sparen«, erklärt er und ich werde hellhörig.

»Weshalb? Spuck's aus!«

Er raunt mir vertraulich ins Ohr: »Ich werde demnächst Vater.«

Ich hab's geahnt!

»Ich dachte, das wäre bei dir nicht im Plan.«

»Ist es auch nicht!«, verteidigt er sich, »und meine Frau hatte es auch schon abgehakt, glaubte, es klappt nicht, aber nun hat's halt doch hingehaun.«

»Ja, das passiert oft. Wenn mal der Druck weg ist, dann schnackelt's.«

»Es ist ein Mädchen«, verrät er mir, »wir haben eine Fruchtwasseruntersuchung machen lassen.«

»Wenn ich mir das vorstelle – dich, mit Baby im Arm!«

»Das überlasse ich der Karen. Ich war nur der Samen-spender.«

»Na, warte mal ab, wie dich dein kleines Mädel noch um den Finger wickeln wird!«

Er schüttelt den Kopf: »Das schaffen ja noch nicht mal die großen Mädchen!« Er blickt mich bedeutungsschwer an.

»Soll das das Wort zum Montag sein? Ich gehe unterrich-ten!« Und düse ab. (Meine Vorhersage ist übrigens einge-troffen.)

In der 9. Klasse fauche ich einen Schüler an: »Was denn, hast du schon wieder die ‚Bild'-Zeitung dabei? Wir sind beim Thema ‚Weihnachten'! Besinnliches ist angesagt, keine Revolver-Lektüre!«

Er rechtfertigt sich: »Die brauch' ich für Arbeitslehre und außerdem, vielleicht ist 'ne Werbung drin, weihnachtlich natürlich, die sollten wir doch mitbringen!«

»Dafür hast du doch schon den Hertie-Prospekt vor dir liegen: Dessous für die Frau von Welt mit Festdekor!«, ent-gegne ich.

Er zuckt mit den Achseln: »Na, wenn's sein muss!«, und faltet mürrisch das Boulevardblättchen zusammen.

In der nächsten Stunde behandeln wir das Thema »Engel«.

»Wann wart ihr mal für jemanden ein ‚Engel'?«, frage ich die Schüler und gebe ihnen ein Beispiel: »Neulich war ich beim Zahnarzt, neben mir saß ein etwas verwahrlost aus-sehender Mann, der ein Formular ausfüllen sollte, was ihm aber offensichtlich Schwierigkeiten bereitete. Ich bemerkte sein Dilemma, sprach ihn an, ob ich ihm helfen könne, und er nickte dankbar, er könne weder lesen noch schreiben. Zum Abschied küsste er mir die Hand.«

Andreas meldet sich eifrig: »Ich war auch mal so ein Engel! Ich hab' meinem Papa geholfen, die nörgelnde Oma rauszuwerfen!«

Im Lehrerzimmer residiert strahlend Frau Kratzer. Sie hat einen neuen Pullover erstanden, ein Marc-O'Polo-Paradestück, sogar etwas im Preis herabgesetzt, wie sie stolz verkündet. Das gute Teil hat ein Norwegermuster und rund um ihre ausladenden Hüften traben Rentiere mit gerecktem Geweih. Vielleicht sollte sie es mal mit Astronautenfutter versuchen, um etwas abzunehmen, übrigens die einzige Ernährung, die unsere Rektorin verträgt. Sie leidet unter irgendeiner Lebensmittelunverträglichkeit, vielleicht ist sie deshalb so ungenießbar und wir wiederum haben unter ihr zu leiden. Die Stimmung in Bezug auf die Schulleitung ist jedenfalls weiterhin gespannt.

Birgit regt sich dauernd über sie auf. Ich befürchte, dass meine liebe Kollegin noch einen »Herzkasper« kriegen wird! Gerade redet sie so schnell und heftig auf mich ein, dass Kurt fassungslos danebensteht und meint: »Wenn man einen Stecker dazwischenhält, geht der Föhn an!«

Manuela Prigolla bekommt häufig Heulkrämpfe, was Frau Jurst zu der taktlosen Bemerkung hinreißt: »Ihr Mann ist froh, dass er sie los ist!«

Woher sie das wissen will, ist mir schleierhaft, aber tatsächlich ist Manuela seit mehreren Jahren geschieden und zieht ihre zwei (!) Kinder alleine groß. Außerdem ist sie permanent überarbeitet, was zum Teil daran liegt, dass sie alles hundertprozentig erledigen will. So laminiert sie zum Beispiel sämtliche Unterrichtseinheiten und Ähnliches, was ihr im Kollegium den Spitznamen »Mrs. Laminat« eingetragen hat. Oft sitzt sie auch zu Hause bis spät in die

Nacht und bastelt kleine Kunstgegenstände für Schüler und deren Eltern.

Kein Wunder, dass ihr Nervenkostüm angekratzt ist! Ein falscher Blick und die Tränen fließen! Leider hat ihr feines Gehör das lose Lästern der Kollegin vernommen und ein neuerlicher Schluchzanfall ist die Folge.

»Die ist doch psychisch gestört!«, zischt Birgit und meint damit nicht etwa die Heulsuse, sondern das Waschweib Jurst.

»Sie ist nicht neurotisch, sie ist nur gemein!«, stelle ich klar.

Die so Beurteilte ist unverdrossen dabei, weiter über ihre Mitmenschen herzuziehen. Gerade macht sie das Outfit einer Kollegin nieder.

»Ausgerechnet die muss da ein Urteil abgeben!«, schnaubt Birgit. »Die sieht doch selbst aus wie eine geplatzte Blasenentzündung!«

Ich lache lauthals: »Tja, sie ist halt abgehärtet durch den täglichen Blick in den Spiegel!«

In meiner 10. Klasse steht »kreatives Schreiben« auf dem Stundenplan und es entstehen sehr gute Texte. Die Schüler sind auch ausgesprochen motiviert bei der Sache. Das ist doch mal was anderes als die öde Grammatik und die lästige Rechtschreibung!

Wir verfassen einen Kurzroman mit Vorgaben:

An einem Novembermorgen …

»regnete es in Strömen.«

Monika drehte …

»genervt am Knopf ihres Radiogerätes.«

Plötzlich …

»klingelte das Telefon.«

Ach, hätte ich doch nur …

»keinen Fuß aus meinem Bett gesetzt!«

Die Schülerin schreibt mir aus dem Herzen! Ich wäre heute auch besser daheimgeblieben. Herr Hopperdietzel ist vor einigen Wochen in den wohlverdienten Ruhestand gegangen und seither sieht der zusammengestückelte Vertretungsplan haarsträubend aus!

Hella Hirnbein hat sich ihre traditionelle Wintergrippe genommen, um wie immer in Ruhe Plätzchen backen zu können. Anne Haas ist wahrscheinlich schon ein bisschen früher in ihren Traumurlaub nach Indien geflogen. Kann man ja verstehen – vor Saisonbeginn sind halt die Tickets billiger. Sie wurde von einem Schüler am Flughafen gesichtet, der dort Verwandte abholen wollte; Frau Haas stand am Check-in-Schalter. Susi Stein hat gestern etwas von einem neuerlichen Ikea-Besuch erwähnt. Womöglich hat sie beim Möbelaufbau wieder Verletzungen davongetragen.

Jedenfalls fehlen sie heute alle und ich darf gleich zweimal in mir unbekannten Klassen einspringen. In einer soll ich Erdkunde vermitteln, ganz und gar nicht meine Sache. Aber wozu habe ich denn meine Schüler!

»Nebel sind tief fliegende Wolken«, erläutert mir Sarah zur Wetterlage. Woraufhin ihr Fabian recht unschön ins Wort fällt: »Du taube Nuss! Versuch doch wenigstens zu verbergen, wovon du nichts verstehst!« Er scheint allerdings auch nicht der Hellste zu sein.

»Wir nehmen gerade ‚andere Länder – andere Sitten‘ durch«, berichtet Leonie, »zum Beispiel schmeckt das Eis in Mexiko nach Pfeffer.«

Ich staune. Ich war zwar schon dort und habe auch Eis verzehrt, aber das ist mir nicht aufgefallen.

In der nächsten Stunde habe ich ganz regulär Religion in meiner 5. Klasse. Ich möchte von den Kindern wissen, welche Berufsgruppe bei den Juden zur Zeit Jesu nicht beliebt war, und habe die Zöllner im Sinn. Anne aber meint: »Die Metzger.«

Schließlich gibt doch noch jemand die richtige Antwort und nun sollen sie mir die Gründe für diese Ablehnung nennen.

»Die Zöllner waren bei ihren Landsleuten nicht beliebt, weil sie ihnen manchmal mehr Geld abzollten.«

Wir besprechen den Feiertag der Juden, den Sabbat. Ein Schüler soll den Namen wiederholen und erklären, was gefeiert wird.

Torben antwortet: »Das ist der Tag der offenen Tür und sie feiern die Auferstehung Jesu.«

Dann lernen die Kinder verschiedene jüdische Feste kennen und beantworten im Anschluss schriftlich die Frage: »Weshalb feiern die Juden das Passahfest?«

Sebastian schreibt falsch ab: »Weshalb feiern die Inder das Passahfest?« Er wird Mühe haben, das schlüssig zu erklären.

Ein anderer antwortet: »Sie feiern das Passahfest, wenn Auswanderer aus Ägypten kommen.«

Ria hat ebenfalls etwas zu dieser Aufgabenstellung notiert: »Um die gute Ernte zu feiern. Und das es im nächsten Jahr auch eine gute Ernte gibt.«

Plötzlich ertönt aus Sonjas Schultasche ein herzzerreißendes Piepen. Sie schnellt vom Stuhl hoch: »Ich muss mein Tamagotchi füttern!«

»Im Unterricht? Kommt gar nicht in Frage!«, verbiete ich ihr.

»Aber dann verhungert es!«, jammert sie.

Ich bleibe unbeeindruckt: »Das Teil hat in der Schule nichts zu suchen!«

Sie sinkt resigniert auf ihren Platz zurück.

Wir beschäftigen uns bis zum Schellen weiter mit Jesus und seiner Zeit. Als endlich das erlösende Klingelzeichen kommt, greift Sonja sofort in ihre Tasche und verzieht schmerzlich das Gesicht. »Sie haben es sterben lassen!«, klagt sie mich an. »Jetzt ist es tot und ich muss es wieder zum Leben erwecken und mit jedem Mal werden sie bösartiger!«

Ich heuchle Mitgefühl: »Na, wenigstens ist es in frommer Umgebung, im Reli-Unterricht, gestorben.«

Kurt lässt sich im Lehrerzimmer über die Soap-Opera »Dallas« aus. »Diese Sendung ist für mich ein Zeitzünder! Da werf' ich mir immer 'nen alten Kittel um und geh in den Garten, seh nach, ob noch was zu machen ist.«

»Nachts um kurz vor zehn?«, werfe ich entgeistert ein.

»Ja, ich nehm' 'ne Taschenlampe mit.«

Ich muss gestehen, dass ich auch ziemlich regelmäßig »Dallas« konsumiere, und falle prompt in der Achtung meines Gegenübers.

Birgit verteilt weihnachtliche Süßigkeiten, aber nur an handverlesene Opfer. Herr Bell oder Frau Stockfisch-Bär etwa gehen leer aus.

»Hast du schon alle Geschenke?«, erkundigt sie sich bei mir.

Ich schüttele verdrossen den Kopf. »Ich hab zum Teil noch nicht mal eine Idee, was ich besorgen könnte! Es hat mir auch niemand mal einen dezenten Hinweis gegeben. Als ich meine Tochter nach ihren Weihnachtswünschen gefragt habe, konnte sie keine nennen. ‚Ich bin so anspruchslos, ich könnte glatt Buddhist werden', meinte sie nur. Aber natürlich erwartet sie einen Berg netter Überraschungen!«

Während Birgit verständnisvoll nickt, gibt Frau Jurst eine Kurzvorlesung in Geschichte, die sie mit den Worten schließt: »Wenn er nicht gestorben wäre, würde er heute noch leben.«

Herr Mommsen erscheint heute in der Schule mit Kratzern im ganzen Gesicht, blauem Auge und Beulen. Er sieht aus, als sei er im Boxring gewesen, erfolglos offensichtlich. Auf seine Verletzungen angesprochen, schwallt er, er sei in seinem Garten nachts im Dunkeln gegen eine Wand gerannt. Danach sieht sein Gesicht aber gar nicht aus. Wie kann eine Mauer derartige Blessuren verursachen? Doch zu näheren Erläuterungen ist der malträtierte Kollege nicht bereit.

Das Wunder klärt sich noch am selben Tag. Die Schüler sind gut über den Vorfall informiert. Herr Mommsen hat wohl im Sportunterricht einen Fünftklässler massiv beschimpft und ihn getreten, so dass dieser in eine Ecke flog. Da er sich jedoch an einem kleinen Türken vergriffen hatte, verübte die Familie Selbstjustiz und schickte den älteren Bruder los, der Sache Genüge zu tun. Wie wir nun feststellen können, hat der Beauftragte seine Mission erledigt.

Und Mr. Mommsen will die Angelegenheit anscheinend nicht an die große Glocke hängen, sondern sie auf sich beruhen lassen, weil er weiß, dass er selbst auch »Dreck am Stecken hat«. Jedenfalls wird er sich in Zukunft gut überlegen, wen er wohin tritt!

Vielleicht inspiriert durch sein blaues Auge legt uns Frau Zitzewitz dar: »To feel blue bedeutet blau sein, das haben die Engländer von uns übernommen, weil sie das so lustig fanden.«

Hää? Aber sie ist schließlich die Fachfrau!

Ich entschwinde in meine Deutschklasse. Die Schüler mussten einen Aufsatz schreiben, einen Bericht. Das haben wir ausgiebig geübt. So fragte ich: »Welche Information gibt uns der Wetterbericht?« Felix antwortete: »Wo sich der Kanzler gerade aufhält.«

Und das sind nun die Ergebnisse der Sechstklässler:
Unfallbericht:

»… Sie legten Peter auf die Bahre im Auto und fuhren ihn ins städtische Krankenhaus. Später sprach der aufsichtige Lehrer, dieses währe eine Lehre für die Schüler. Am nächsten Tag stellte sich heraus, das der Junge sein Auge nicht verloren habe, aber nur noch sehr schlecht aus diesem Auge sah.«

»… Dann aber geschah es einer rammte mich und ich fiel auf die Nase so dass ich mich am Bein verletzte.«

»Es klingelte nach der Biologiestunde für die zweite Pause. Die unsrige Klasse stützte sich hinaus. Auf einmal sahen wir, meine Freundin und ich einen Unfall, er konnte aber gerade noch verhindert werden.«

Ich stelle fest, dass unsere Schule ein gefährliches Pflaster ist!

»… Michael, der gerade einen Schneeball formte und ihn Sandra überwerfen wollte, wurde von Herrn Mommsen erwicht und bekam einen Tadel. Dieses darf man in der Schule nicht tun … Die Frau, die im Sekretariat saß sagte zu mir, dass ich jetzt gehen könnte, Nicoll müsste zum Arzt. Was weiter geschah wusste ich nicht, denn da bin ich gegangen.«

»… Natürlich kamen alle gleich angelaufen und im Nu hatte sich eine Massenbildung entwickelt. Doch der Lehrer und ich liefen schnell weg. Als wir am Verwaldungszimmer angekommen waren sagte die Sekrtärin gleich ich müsste zum Arzt.«

Bei einem Ausflug sollte offenbar ein Unglück verhindert werden.

»… Die Lehrerin sagte: ‚Das Feuer muss noch gelöscht werden, ehe wir den Platz verlassen.' Ich stellte mich hin und pisste vor versammelter Mannschaft das Feuer aus. Als sie mich deshalb ausschimpfte, sagte ich ihr: ‚War doch kein Wasser da und bei den Pfadfindern machen wir das immer so!'«

In weiteren Arbeiten berichten die Schüler von einem Überfall:

»… Die Täter luden Pelze in einen Lieferwagen (Opel Caravan). Die Polizei wurde alarmiert. Leider war es zu spät. Die Caravane fuhr, während wir telefonierten ab.«

»… Der Wagen war ein Opel, auf dem ein Hamburger abgebildet war.« (Der Wagen hatte ein Hamburger Kennzeichen.)

Im Flur kommt mir eine Schülerin der 8. Klasse entgegen. Sie tritt mir energisch in den Weg. »Frau Marx, bin ich zu dick oder zu dünn? Was meinen Sie?«

»Weder noch«, beruhige ich das Mädel, »deine Figur ist gerade richtig so.«

»Sehn Sie! Ich befinde mich hart an der Grenze!«

Dazu fällt mir nichts mehr ein. Ihre Freundin wedelt mit einem Blatt Papier. »Ich hab' 'ne Eins im Musiktest!«, verkündet sie stolz.

»Worum ging es denn?«, frage ich.

»Ach, so'n Text!«

»Musstet ihr ein Lied auswendig aufschreiben?« Ich gedachte des verhunzten Deutschlandliedes.

»Nein, wir sollten was zu einem Komponisten schreiben. Bach …« Sie hält inne. »Johann Sebastian hieß der, glaube ich.« Aber eine Eins!

Ich entschwinde ins Lehrerzimmer. Dort ist schlechte Luft. »Hier erstickt man ja!«, mosere ich.

Friederike, die hinter mir herkommt, pflichtet mir bei: »Ja, gut warm habt ihr's hier!«

Torsten zeigt auf eine brennende Kerze: »Seit wann steht die denn hier?« Kurt will die miefige Luft begründen und informiert uns darüber, dass so eine Kerze sehr viel CO_2 ausstoße. Derweil packt Hannes ungerührt sein wohlbelegtes Wurstbrot aus: »Oh!«

Susi Stein schnürt vorbei: »Darf ich auch mal beißen?«

»Ich glaube, dir geht's zu gut!« Er eilt vorsichtshalber zum inzwischen geöffneten Fenster, um sein Frühstück vor unbefugten Zugriffen in Sicherheit zu bringen, doch in der Hektik fällt es ihm hinaus.

Manuel Schlott kommentiert das Drama: »Klapp, machte das Brot und fiel auf die Butterseite.«

Herr Mommsen erblickt einen Vogel, der zielsicher auf Hannes' Mahlzeit zusteuert: »Was ist denn das? Oh, ein Spatz! Jaja, die sind noch da. Die ziehn nicht in den Süden.« Während er so sinniert, rast Hannes die Treppe hinunter, um unten sein Brot zu retten. Mordlüstern schreit er: »Ich schlachte dieses Vieh!«

Doch als er die Absturzstelle erreicht, ist sie bereits geräumt und er kann nur noch entsetzt gen Himmel blicken, wo der Vogel, übrigens eine Elster, triumphierend mit seiner Beute davonfliegt. Die am Fenster Stehenden brechen in schadenfrohes Gelächter aus. Fuchsteufelswild dreht Hannes sich um: »Wer hat hier gelacht?«

Seine Kollegen versichern einstimmig: »Niemand!«

Bevor der erboste »Brommel« wieder nach oben gestürmt ist, klingelt es und wir bringen uns alle in den jeweiligen Klassenzimmern in Sicherheit. Selten fängt der Unterricht so pünktlich an! Ehe Birgit die Tür des Musiksaales zuzieht, erhascht sie noch einen Blick auf Hannes und flötet ihm freundlich zu: »Ab in die Klasse! Es hat gebimmelt!«